Verdes vales do fim do mundo

Antonio Bivar, escritor que cultiva a ficção, o jornalismo, o teatro e a memória, nasceu e vive na cidade de São Paulo. Cresceu no interior, estudou teatro no Rio de Janeiro e literatura na Inglaterra, onde é o membro número 94 de The Virginia Woolf Society of Great Britain. É autor dos livros *O que é punk* (história de um movimento), *Verdes vales do fim do mundo* (memórias), *Chic-A-Boom* (romance), *Yolanda* (biografia de Yolanda Penteado) e *Bivar na corte de Bloomsbury* (diários de doze anos de experiências literárias e artísticas a partir do estudo da vida e obra de Virginia Woolf e do Grupo de Bloomsbury) entre outros.

Longe daqui aqui mesmo (memórias) foi primeiro publicado pela Editora Best Seller em 1995. A atual edição foi revista pelo autor em 2006, para fazer par com *Verdes vales do fim do mundo*. Ou seja, *Longe daqui aqui mesmo* começa exatamente onde termina *Verdes vales*. Memórias de um viajante transgressor nos tumultuados anos da Contracultura.

Livros do autor na Coleção **L&PM** Pocket

Longe daqui aqui mesmo

Antonio Bivar

Verdes vales do fim do mundo

www.lpm.com.br
L&PM POCKET

Coleção **L&PM** Pocket, vol. 282

Este livro foi publicado anteriomente pela L&PM Editores na coleção "Olho da Rua" na primavera de 1984.

Capa: Ivan Pinheiro Machado sobre postal enviado pelo autor para seus pais de Salisbury
Revisão: Renato Deitos e Jó Saldanha

ISBN: 85.254.1170-1

B624v   Bivar, Antonio, 1939-
            Verdes vales do fim do mundo / Antonio Bivar. --
        Porto Alegre: L&PM, 2006.
            192 p. ; 18 cm -- (Coleção L&PM Pocket)

            1. Inglaterra-Descrições de viagens. I. Título. II. Série.

                  CDD 910.4(410.1):379.85
                  CDU 379.85:910.4(410.1)

Catalogação elaborada por Izabel A. Merlo, CRB 10/329.

© Antonio Bivar, 1984, 2002

Todos os direitos desta edição reservados a L&PM Editores
Porto Alegre: Rua Comendador Coruja 314, loja 9 - 90220-180
             Floresta - RS / Fone: 51.3225.5777
Pedidos & Depto. comercial: vendas@lpm.com.br
Fale conosco: info@lpm.com.br
www.lpm.com.br

Impresso no Brasil
Inverno de 2006

SUMÁRIO

Introdução / 7
Capítulo 1 – Primeiros passos no exílio / 9
Capítulo 2 – Quando Pelé virou abracadabra / 20
Capítulo 3 – Diário íntimo / 31
Capítulo 4 – José Vicente / 37
Capítulo 5 – Diário íntimo, última semana de agosto / 41
Capítulo 6 – Ilha de Wight / 48
Capítulo 7 – Diário íntimo / 64
Capítulo 8 – Salisbury / 71
Capítulo 9 – 63, Saint Ann Street (Diário íntimo) / 81
Capítulo 10 – So long, London / 90
Capítulo 11 – Manhattan / 96
Capítulo 12 – Ano-Novo em Dublin / 111
Capítulo 13 – Volta ao lar / 120
Capítulo 14 – Cenas do dia-a-dia em Notting Hill / 138
Capítulo 15 – Por onde sopra o vento da sabedoria / 148
Capítulo 16 – Uma visita a Terry / 157
Capítulo 17 – Fugas e despedidas / 162
Capítulo 18 – Paris será toujours Paris / 171
Fecho / 175
Autobiografia precoce / 181

INTRODUÇÃO

Estou sempre trombando com pessoas que me perguntam: "Quando é que vai sair nova edição de *Verdes vales do fim do mundo?*".

A primeira edição, na coleção "Olho da Rua", L&PM, saiu do forno na primavera de 1984, mas teve seu lançamento oficial em janeiro de 1985, na Livraria Cultura, em São Paulo.

O livro vendeu bem. Foi um *best-seller*, digamos assim, alternativo: ficou algumas semanas na lista dos dez mais vendidos na revista *Manchete*.

Tornou-se, espontaneamente, um "cult": sem outra edição, teve seus exemplares passados de mão em mão e busca nos sebos. Ou, para extrema consulta, está no acervo da Biblioteca do Congresso, em Washington (hoje, via Internet, descobre-se tudo).

Mas o que é que *Verdes vales* tem de tão encantador para virar "cult", e, indo mais longe, um clássico do gênero e do período?

A resposta é simples: Quando se propõe a uma obra sincera e edificante, se o resultado corresponde, a resposta só pode ser positiva.

Eu era, no final da década dos 60s, um jovem autor teatral muito criticado (porque pop-anarquista, quando o politicamente correto era ser carrancudo-engajado), mas também um autor muito premiado (crítica e público) e, por minhas peças serem consideradas "de uma amoralidade sem precedentes na história da dramaturgia brasileira", fui bastante perseguido pela censura da ditadura militar. De repente eu era um autor proibido de ser encenado. Como vários artistas e intelectuais daquela geração, forçados ou voluntariamente, também fui parar no exílio. O meu foi voluntário e escolhi o paraíso da contracultura, a Inglaterra, como *pied-à-terre*.

Mesmo exilado, foi o ano mais feliz da minha vida. Jamais me sentira tão livre. Era o clímax de uma nova utopia, talvez, mas foi nesse período, que vai de 1970 a 1971 – o último ano do "Sonho" e o que se seguiu logo após – que meu coração e minha consciência experimentaram "in toto" o profundo significado da palavra amizade. As pessoas, os lugares, as celebrações, enfim, o espírito da época, a idéia, ainda que o resultado seja conciso e modesto, foi registrar esse espírito. "Se não escreveu, não aconteceu", disse um filósofo. *Verdes vales do fim do mundo* aconteceu porque está escrito. E fico feliz dessa memória poder voltar em nova edição e em excelente companhia, que é a coleção L&PM POCKET.

Antonio Bivar
São Paulo, outono 2002

CAPÍTULO 1

Primeiros passos no exílio

Era uma tarde de março. E eu assistia, como se fosse a última vez, à paisagem brasileira em pleno verão: verdejante, esplendorosa, calorenta e lavada pela chuva que caíra inteira, descortinando o azul do céu e o sol, o sol chamejante, incandescente, ascendendo e caindo por trás de montes e pelos vales, nas curvas da estrada... Eu assistia à paisagem brasileira passando rápida conforme o automóvel, com amigos, me conduzia ao aeroporto.

Era minha primeira viagem ao estrangeiro.

O jato cortou o céu sobre o Atlântico e fez sua primeira escala em Dacar, onde pousou quarenta minutos. Da janela do avião, aquele pedaço da África me lembrava uma praia agreste do litoral sul brasileiro. E o avião levantou vôo rumo à França.

Em Orly desci do avião tão apressado para não perder a conexão que entrei na porta errada e perdi o vôo que me levaria a Londres, meu destino. Minha bagagem também desaparecera. Perdido e de língua travada, ziguezagueei horas e horas em Orly. Até que a providência divina mandou uma dessas moças em função e, que bom, ela era portuguesa e me orientou.

Quando, já na Inglaterra, desci no aeroporto de Heathrow, a primeira coisa que vi, solitária, numa sala, lá no fim da passarela, foi a minha mochila. Me senti instantaneamente em casa e relaxei. O simpático inglês perguntou quanto tempo eu pretendia ficar na Inglaterra. Com um tímido *I don't know* respondi que não sabia. Meu dinheiro era curto e o homem me deu um mês no passaporte. Se depois desse tempo eu ainda quisesse continuar no país deveria procurar o *Home Office*.

Tomei um táxi e fui diretamente para a YMCA (Associação Cristã de Moços) no Soho. O porteiro disse que não tinha vaga nem nessa e nem nas próximas noites. Fazia um frio que eu nunca experimentara, apesar de estar bem protegido com um sobretudo de segunda-mão, tamanho gigante, comprado especialmente para o frio dessa viagem, num brechó perto da Estação da Luz, em São Paulo. No Soho fiquei andando pelas ruas geladas procurando um hotel barato onde pudesse passar minha primeira noite no exílio. Eu não tinha data para voltar ao Brasil e pensava em ficar fora no mínimo um ano. Todo o meu dinheiro, em traveler's checks, somava pouco mais que 600 dólares.

Os hotéis estavam todos lotados. Depois de muito andar, já no *cool* da madrugada, consegui vaga num hotel de quinta chamado Sharuna. Deixei a mochila no quarto e saí, leve e contente – eu estava em Londres! –, para dar a minha primeira volta pelo centro da capital britânica. O vento fazia voar poeira e papéis sujos. Na Oxford Street apanhei no ar um cartaz do jornal *The People* que, numa escrita a pincel atômico, anunciava: "Como se vestir igual à Rainha! Oferta Especial". Constatei, deslumbrado, estar numa terra que tinha até rainha de verdade! Senti que minha temporada ali prometia emoções de conto-de-fada.

De volta ao meu quarto no Sharuna dormi minha primeira noite com aquecimento interno, uma novidade que achei chique. Na manhã seguinte saí à procura de lugar ainda mais barato pra ficar. Depois de ir a uns quatro lugares indicados pela YMCA e de ouvir sempre a mesma resposta, que a casa estava cheia, lembrei-me que trazia no bolso o número do telefone de Gilberto Gil (que ainda não conhecia pessoalmente) e liguei pra lá. Por sorte um conhecido meu, o Johnny Howard, de passagem pela casa dos baianos, ao saber que era eu na linha, me convidou a ficar em sua casa.

Johnny, meio brasileiro meio inglês, que eu conhecia dos meios badalativos Rio-São Paulo, estava agora estudando fotografia em Londres e vivia com Maria, moça da altíssima sociedade paulistana.

Eu estava salvo, por ora. Era abril de 1970 e o espírito que comandava a atmosfera evoluía rumo à plenitude do Sonho. O clichê *The dream is over* ainda nem tinha passado pela cabeça de John Lennon.

IMPRESSÕES MOÇAS: Johnny era altíssimo. Maria, baixinha, discretamente sexy, simpática e confidente. O apartamento do casal ficava em South Kensington, numa rua de pouco trânsito. Tinha só um quarto. Eu dormia na sala.

Johnny e Maria recebiam muito em casa. E também hospedavam alguns notáveis expoentes de nossa jovem sociedade, em férias européias e de passagem por Londres. Sheila Shalders, por exemplo. Sheila, carioca, aeromoça da Pan-Am, pretendia deixar os vôos internacionais para dedicar-se à Astrologia. Embora hóspede, Sheila também recebia seus amigos no apartamento de Johnny e Maria, nos dias em que nele se hospedou. Um dos amigos de Sheila era o Hilary, que ela conhecera a bordo de um jato que voava da Jamaica a Nova York. Depois de ter passado dois anos atrás das grades, em Kingston, por posse de maconha, uma vez livre e voando para Nova York, Hilary encontrara a faiscante Sheila em pleno céu do Caribe. A partir desse encontro nas alturas Hilary decidiu mudar de rota e voou com Sheila para o Rio, onde a jovem, nos dias de pouso, desfrutava de um bem-transado bangalô no alto de Santa Teresa.

Era uma delícia conhecer personagens tão novos e fascinantes. Além disso também comecei a freqüentar. Uma das casas onde eu mais ia era a de Guilherme Araújo, o empresário de Caetano e Gil. O apartamento de Guilherme ficava em Chelsea. Guilherme era – e ele próprio se considerava, no círculo – o que melhor sabia receber. Mas como seu apartamento, ainda que charmoso e aconchegante, fosse pequeno, ele só recebia em pequenos grupos. Guilherme dizia que o importante é saber misturar as pessoas. E ele sabia.

Fosse qual fosse o grupo selecionado por Guilherme, eu era sempre incluído. E saía sempre feliz de sua casa. Não só pela comida – Guilherme era exímio cozinheiro – mas também pela alegria de viver que emanava do anfitrião e seus convidados: essa ou aquela celebridade, que tanto podia ser um ator de cinema, um fotógrafo da moda, uma manequim vedeta acostumada às páginas das revistas chiques do eixo, assim como militantes da esquerda ou da direita, terroristas, Danuza Leão, etc., e até mesmo o filho do ditador português e sua amante e, eventualmente, uma Zelda Kellogg, a herdeira dos sucrilhos. Sem contar o último caso de Guilherme: um belo marinheiro escocês que, peito nu, exibia o físico e as tatuagens de muitos portos viajados.

As festas na King's Road, com gente do *ultra-set* dançando ao som de "Everybody's talking about me", o sucesso do momento. Era como estar numa cidade do interior favorecida pela quintessência da civilização e da bossa. Inclusive nas noites no famigerado *Temple,* clube subterrâneo no Soho, onde rolava haxixe e ótimas bandas de sucesso menor. Ou então, com Caetano e Péricles, em noitadas de cinema de arte, assistindo a filmes de Warhol no *Electric Cinema.*

No calendário a primavera já tinha começado, mas ainda fazia muito frio e as árvores continuavam desfolhadas. Nos jardins e parques as flores ainda se resguardavam em seus tenros botões. Quando, pela primeira vez, da janela da sala de Johnny e Maria, vi neve caindo, desci correndo a escadaria para sentir na pele os flocos fofos e gelados. Desde a infância nunca me sentira tão feliz. Fantástica alienação. Eu era feliz todos os dias a troco de qualquer coisa que tivesse gosto de primeira vez. Mas... desenvolverei o assunto depois. Agora vamos a outro lugar excitante: o apartamento dos irmãos Prado, no topo de um prédio de cinco andares, ali perto, na Cromwell Road.

Cláudio Prado já estava em Londres fazia cinco anos e conhecia todo mundo na movimentação *hip, head & freak.* Segundo me contara a Maria do Johnny, Cláudio Prado fora chefe de escoteiros em São Paulo. Em Londres ele mantinha essa natureza e tudo que organizasse virava evento inesquecível. Ao mudar-se para o apartamento onde já morava seu irmão, o arquiteto Sérgio (com Marilyn, uma americana), Cláudio levou junto toda uma comunidade flutuante e que consistia da fina-flor da ala adolescente de uma faixa bastante original do *underground,* umas 18 pessoas que (com Cláudio) passaram a ocupar o resto do apartamento. Foi assim que conheci essa comunidade. Não dá pra falar aqui de todos os personagens que habitavam ou freqüentavam a casa. Entretanto, não resisto à tentação de falar um pouco da dupla feminina Carol e Caroline.

Carol, magrelinha e com um rosto que lembrava uma Charlotte Rampling adolescente, estava com 15 anos e acabava de fugir da casa paterna, no lado pobre da cidade, para viver essa nova vida, junto com o pessoal da comunidade do Cláudio. Alguém descobrira Carol em Piccadilly onde ela era enturmada com os *skinheads* e outros habituês. Carol estava no apartamento fazia uma semana quando o pai e mais um policial foram buscá-la. Eu estava presente e assisti a uma dessas cenas difíceis entre pai e filha, mas ele, um senhor *cockney,* prometeu que quando Carol completasse 16 anos ela poderia ser dona do próprio nariz que, cá entre nós, era muito fotogênico. Menos de quinze dias depois, e já com 16 anos completos, Carol voltava para a comunidade e dessa vez pra ficar. Uma espécie de namoradinha de todos, Carol tinha uma amiga inseparável que se chamava Caroline.

Caroline, que era filha de inglesa com russo e morava com os pais em Hampstead (era vizinha do Donovan), ia diariamente à comunidade e geralmente acabava pernoitando lá. De queixo proeminente, Caroline não tinha a beleza de Carol, mas a voz era personalíssima, grave e bem-colocada. Caroline era de paz e amor e tinha o hábito de desenhar cogumelos e joaninhas. Amava os brasileiros na cidade e foi uma das primeiras tietes inglesas de Gil.

No quarto de Sérgio e Marilyn chamava a atenção uma grande bandeira do Brasil que Sérgio surrupiara de um mastro no estádio de Wembley durante a Copa de 1966. A bandeira, de uma lã leve, agora era charmosamente usada como colcha, cobrindo o colchão do casal, no chão. Foi a primeira vez que achei a bandeira brasileira (cujo desenho é do período *belle époque*) tão chique e internacional quanto a norte-americana e a inglesa.

Vencido o prazo permitido à minha permanência na Inglaterra, foi Marilyn quem me auxiliou na carta ao *Home Office* solicitando mais três meses de permanência. Auxiliado por Marilyn escrevi que era escritor e que, observando a Inglaterra, eu estava aprendendo nesse país muito sobre os fatos da vida. Devem ter gostado do *facts of life* porque duas semanas depois o *Home Office* me devolvia pelo correio o passaporte concedendo-me não apenas três mas seis meses, findos os quais eu deveria procurar novamente esse departamento, caso ainda pretendesse continuar no país.

Johnny e Maria foram passar uns dias em Paris. Ficamos, Sheila Shalders e eu, no apartamento. Sheila não parava em casa. Estava à cata de George Harrison. Na verdade Sheila fora passar as férias em Londres porque, ainda no Rio, recebera uma mensagem telepática dizendo que o ex-beatle corria perigo de vida e só ela, Sheila, poderia salvá-lo. Uma vez em Londres, ela tentava entrar em contato com Mr. Harrison não telepática, mas pessoalmente. Não era fácil, mas, cheia de energia, Sheila entregava-se à batalha. E não desistia. Por isso não parava em casa.

Numa tarde de sábado, Hilary apareceu procurando Sheila. Ela não estava e ele ficou conversando comigo. Não muito tempo depois apareceu Grazia, uma italiana, com seu filho, um garoto de quatro anos. Grazia – que nem Hilary nem eu conhecíamos – era amiga de Johnny e Maria e viera trazer um bolo para o casal. Achei coincidente alguém aparecer com um bolo, pois era meu aniversário, embora não tivesse contado a ninguém. Meu aniversário, nesse ano mágico, era segredo meu. Sem contar que estava completando 31 anos.

Grazia, achando que seria ridículo deixar o bolo esperando pela volta de Johnny e Maria, sugeriu que o comêssemos nós. Grazia contou que era um bolo especial, de chocolate e haxixe, que ela mesma preparara. Corri à cozinha para buscar uma faca. Grazia, contente por encontrar dois cúmplices nessa saudável loucura, partiu três boas fatias. E que delícia! Especialmente pelo chocolate. Assistindo à nossa excitação, o moleque da Grazia também exigiu uma fatia. O pânico dividiu minha cabeça em pró e contra. Na pior das hipóteses, imaginei, o bolo poderia surtir efeito de *overdose* no bambino. Mas enquanto eu me preocupava, Grazia já passava uma fatia pro pequeno. Entreguei a Deus. O menino, além de já estar com quatro anos, era filho de Grazia e ela, como mãe, na certa sabia o que fazia. Cada um se serviu de mais uma boa fatia e logo depois Hilary lembrou que precisava ir para casa pois não-sei-quem ia passar lá. Grazia se ofereceu para levá-lo de carro e Hilary me convidou a ir junto. E lá fomos nós, com Grazia na direção. O bambino chamava nossa atenção para tudo que se destacava no visual do caminho. O bolo *bateu* e comecei a me sentir meio que entrando numa diferente.

    O apartamento de Hilary ficava em algum canto de Chelsea. Tinha uma sala grandona cheia de objetos artísticos, gênero antiquário rico. Eu não conseguia imaginar o Hilary como colecionador, mas ele também não dizia de quem era a casa. Grazia, muito à vontade, perguntava se ele ia continuar ali muito tempo porque, senão, podíamos os três alugar um apartamento e morar juntos. Topamos a idéia. No auge da excitação, Grazia – que era separada do marido – se lembrou que tinha que levar o filho para passar um tempo com o pai, que já há muito devia estar esperando no lugar combinado. E lá se foram ela e o bambino e nunca mais os vi.

    Fiquei fazendo companhia ao Hilary nesse sombrio apartamento de cores e iluminação tipo Rembrandt. Hilary, um tanto agitado, falava ao telefone, levava-me ao quarto do dono, abria o guarda-roupa, experimentava roupas finas de cavalheiro, criando, pra mim, a ilusão de que tudo aquilo lhe pertencia. Pedia minha opinião, perguntava se as roupas lhe ficavam bem, etc. O haxixe no bolo de Grazia estava realmente trabalhando e Hilary, naquele cenário, me parecia uma mistura engraçada de moleque louro de olhos azuis malicioso como um pirata dos sete mares e mais o jeito frio e calculista de uma moça que tivesse como meta na vida fazer carreira como modelo. Ele fazia pose pra si mesmo e pra mim, admirando-se num grande espelho, me perguntava se eu era bissexual e eu, sentado numa elegante poltrona *déco* (e achando o Hilary meio que parecido com Carol Linley, a estrelinha juvenil lançada por Hollywood nos cinquenta para competir com a Sandra Dee), respondi muito vagamente que bissexualismo nunca passara pela minha cabeça mas que agora, refletindo melhor, que sim, que talvez fosse. E subitamente, me dando conta de que anoitecia e era sábado, pulei da poltrona e lembrei Hilary que a comunidade dos irmãos Prado devia estar começando a fervilhar. Hilary trocou de roupa, vestiu jeans, voltou a ser o garotão inglês que tinha passado dois anos em cana na Jamaica, e lá fomos, a pé. Não ficava muito longe.

MUDANÇAS: Johnny e Maria voltaram de Paris e resolveram mudar de casa. Em poucos dias descobriram um apartamento perfeito para um casal apaixonado. Por coincidência ficava no térreo do mesmo prédio da comunidade dos irmãos Prado. O casal estava tão contente que até deu uma festa de despedida, na penúltima noite do velho apartamento. Foi uma festa e tanto, com convidados interessantes e tudo. Sheila Shalders, que a essa altura já desistira de procurar George Harrison, estava agora namorando um bonito holandês de cabelos longos, estudante de sociologia, que ela conhecera no Seed, o restaurante macrobiótico. Na festa tinha também David Linger, que ficou conversando comigo. David vestia uma roupa que ele mesmo inventara, costurara, e que poderia ser chamada de "despertar da primavera": calça de algodãozinho, folgada e colorida, com elástico na cintura e na canela; e camisa florida. A primavera desabrochara naqueles dias e foi tão deslumbrante que nem vou tentar descrevê-la. Cores mil, tulipas no Kensington Park, folhas nas árvores, tudo. David era um rapaz alegre, brincalhão, de voz abaritonada, grave e clara; americano de Cincinnati, tocava flauta transversa e ensaiava ora com Caetano ora com Gil. Vinte e um anos e viajado, estivera em mil lugares e na Rússia. David Linger fazia dupla com Naná Sayanes. E ali na nossa conversa me parecia que ele queria fazer o mesmo comigo. Claro que fiquei envaidecido, David era bonito e tudo. Mas eu não estava a fim de me comprometer com ninguém em particular, por enquanto. Mais tarde, no avançar do nosso papo, ele propôs que eu fosse morar com ele e Naná num apartamento-porão que os dois acabavam de descobrir em Earl's Court.

Nosso primeiro sábado no *basement* em Earl's Court foi bem animado. Apareceu um grupo depois do almoço e fomos todos para o gramado do jardim interno: era um desses dias de primavera em que até o verão se mostra em todo o seu prenúncio. No vasto gramado, Caetano cantou ao violão um buquê de canções de seu bonito repertório.

Mas nossa alegria durou pouco. Na segunda-feira, logo de manhã, apareceu a proprietária do apartamento, uma senhora indiana de meia-idade, cabelos reluzentes presos numa espécie de coque trançado na nuca, envolta num sari azulpavão, cheia de antipatia e preconceito, e com uma autoridade mais arrogante que a da própria Indira, fazendo-se de bem-entendida, deixou claro que não queria *hippies* no seu apartamento. Estava explícito que, por *hippies,* ela se referia a nós – David, Naná e eu – e os demais visitantes de sábado à tarde, inclusive Caetano, como que imaginando uma comunidade inteira de vândalos arrasando seu apartamento. David, indignado, chegou pra ela e falou assim: – Olha aqui, senhora Naiard... – e foi em frente dizendo que aquilo era segregação racial e que ia denunciá-la, até mesmo processá-la se fosse preciso, etc.

A senhora Naiard foi embora incontinenti, furiosa e soltando faísca pelo rubi da narina. No dia seguinte ela voltava e de braço dado com a Lei. Segundo a Lei, quem estava certa era a senhora Naiard: o japonês que passara o apartamento para David e Naná não podia subalugá-lo a ninguém. Estava no contrato.

Naná, irritada, foi morar com Carina, ali perto. David propôs-me que mudássemos para um *bed-sit*. Mas eu estava mais inclinado a morar na comunidade dos Prado. E mudamos pra lá. O apartamento dos Prado a essa altura já hospedava, contadas, 37 pessoas, a maioria na sala, que foi onde estendemos nossos sacos de dormir. As pessoas eram todas mais ou menos vegetarianas, ninguém comia carne. Todos faziam dupla: Sérgio e Marilyn, Cláudio e Nigel, Carol e Caroline, Bernie e Mike, Pompom e Tessa, etc. David fazia dupla comigo. Mas a nossa dupla, embora obstinada, não dava certo. Tudo que David gostava eu achava *muito* pra minha cabeça e tudo que eu amava David achava imaturo. Uma vez ele queria que eu fosse com ele assistir a uma noite inteira de filmes do Bergman no *Paris* quando tudo que eu queria era ir ao concerto do *Grateful Dead* em Wembley. David, que era americano, disse que o *Dead,* que também era, não passava de um grupo comercial. Ofendido, contestei, mas David, definitivo, disse que o *Dead* era o grupo mais comercial do mundo. Resultado: David foi sozinho assistir aos filmes do Bergman e eu fui com os *freaks* assistir ao *Dead*. E voltei felicíssimo. E fiquei sem falar com David Linger durante dois dias, embora dormíssemos lado a lado, dentro de nossos respectivos sacos de dormir.

Eu não queria ser cruel e ficar sem falar com David, mas ao mesmo tempo não conseguia deixar de sê-lo, ainda que ele cobrasse de mim, com os olhos, que eu lhe sorrisse de vez em quando. Até que não agüentei, lhe escrevi uma carta, enfiei num envelope e fui à casa dos baianos e pedi pra Dedé que a entregasse a ele, que ia lá todos os dias ensaiar. Dedé riu e achou um absurdo duas pessoas morarem juntas, dormirem lado a lado, e uma escrever carta à outra e ainda pedir pra uma terceira entregar. David recebeu minha carta das mãos de Dedé e no dia seguinte era eu quem recebia, via Dedé, a resposta do David. Na minha carta eu deixava claro que não queria estar comprometido com ninguém. Na sua resposta David dizia que não queria que eu me sentisse comprometido, que tudo que ele queria era que fôssemos apenas grandes amigos.

E voltamos a nos falar. Em menos de uma semana David lembrou que o verão estava chegando e que no verão todo mundo viajava e que seria bom que planejássemos juntos uma viagem pela Europa. Eu, que além de não ter um tostão nem estava pensando em sair da Inglaterra, só de brincadeira sugeri que fôssemos de bicicleta até a Lapônia ver o sol da meia-noite. David achou a idéia simplesmente do outro mundo e no dia seguinte aparecia de bicicleta nova em folha, pronto para as estradas até a Lapônia.

Tive que escrever outra carta explicando que estava pobre e não tinha dinheiro para comprar bicicleta. E pedi à Dedé que entregasse a carta ao David. No dia seguinte, via Dedé, eu recebia a resposta de David justificando que bicicleta não custava muito e que eu podia conseguir uma barata, de segunda-mão.

E assim era a nossa dupla. Eu já estava ficando constrangido de pedir que Dedé entregasse minhas cartas ao David ainda que ela desse a impressão de se divertir com isso.

CAPÍTULO 2

Quando Pelé virou abracadabra

Transmitido do México pela BBC, mais de setenta pessoas assistiram ao jogo do Brasil contra a Itália na televisão colorida da casa de Caetano e Gil. Era a finalíssima da Copa 1970. Tricampeão, o Brasil abiscoitou a *Jules Rimet* para todo o sempre. Pelé virou Deus e o resto é história.

Na altura do campeonato eu já tinha me mudado da comunidade dos irmãos Prado e estava morando em Chelsea, num quarto tipo aquele do Van Gogh, na cobertura de um velho edifício vitoriano. Meu quarto ficava dentro da *penthouse* de Sonia Stevens. Sonia era uma atriz secundária e especialista em papéis tipo secretária ineficiente ou puta-de-coração-doce. Sonia Stevens quase não trabalhava. Primeiro porque era meio preguiçosa; segundo, porque não precisava: era filha do dono do prédio (o pai morava no campo). Pontas no cinema, no teatro, na televisão, de vez em quando Sonia fazia, para manter o *status* de atriz. Era amiga da Diana Dors e da Joan Collins e protegida da *lady* Mona Washbourne, esta, sim, grande atriz característica. Sonia Stevens, na casa dos trinta, não era bonita, mas tampouco era feia. Alguns achavam-na sem sal, mas a mim ela se apresentava engraçada e até *sweet*. Mas, apesar de ser seu inquilino, eu a conhecia muito pouco. Se me perguntassem qual era a literatura favorita de *miss* Stevens eu diria: – Bem, o único livro que vi sobre seu criado-mudo foi *Minha Vida Solitária*, de Bette Davis. – E só. Primeiro que eu não parava em casa. E quando parava, ficava no meu quarto que tinha uma sacada de frente para a King's Road. Era um pequeno luxo, meu quarto, o que não significava que eu fosse passar o verão inteiro enfiado nele.

Era começo de julho, verão em toda a Europa. Nossos amigos deixavam Londres em busca de outros paraísos. Os de inclinação clássica aproveitavam para ir conhecer as Ilhas Gregas. Os que sonhavam longe não mediam esforços à cata de algum vôo econômico que os levasse a algum lugar não muito difícil de se alcançar de lá, o Afeganistão, o Nepal ou a Tailândia. Quanto aos exóticos, para eles, o verão de 1970 oferecia todo o folclore da África e seus lugares fascinantes. Para os místicos, depois de longos treinos nos exercícios de respiração e das longas horas mergulhadas em meditação transcendental, a meta só podia ser a Índia. Os interessados na movimentação da bolsa de valores das drogas, esses certamente corriam a Amsterdam; enquanto os latinos, eles ou partiam rumo à *salerosidad* espanhola ou iam cair de boca no melhor da *pastaciutta,* que era a Itália. Os politizados e os adeptos do champanhe e do caviar, claro, se mandavam para Paris.

Eu não. Depois de ter tirado da cabeça aquela idéia de ir com David Linger de bicicleta até a Lapônia, peguei o pouco de dinheiro que tinha, a mochila e o saco de dormir, encontrei o ator Rodrigo Santiago e juntos fomos conhecer um pouco mais da Inglaterra, subindo rumo ao norte, de carona até a Escócia.

Na manhã seguinte já estávamos na estrada, na boléia de um pequeno caminhão que transportava repolhos. O motorista – um cara saudável e rude – fez questão de apertar as nossas mãos quando soube que éramos brasileiros. Adorava futebol. Quis saber tudo do Brasil. Rodrigo, que falava inglês melhor que eu – tinha vivido ano e meio em Nova York –, deu um verdadeiro show de conhecimentos gerais sobre a nossa terra, de forma que até eu acabei aprendendo duas ou três coisas do Brasil que não sabia.

O motorista nos deixou em Oxford, que foi nossa primeira parada. Dia lindo, mas a cidade estava vazia porque era tempo de férias. Parecia uma cidade-fantasma. Ninguém nas ruas, ninguém nos *pubs.* Achamos um parque e sentamo-nos no gramado à beira do rio onde um casal de namorados passava num barco. Enquanto ele remava ela lia um livro. Fiquei imaginando... que livro, aquele? Seria Keats ou um romance da Norah Lofts? Largamos as nossas coisas ali e avançamos pouco mais parque adentro até que vimos um velho nu andando entre os arbustos. Repentinamente avistamos um bando de homens de várias idades, inclusive crianças, todos nus, numa espécie de clube masculino, curtindo os últimos raios de sol. Rodrigo fez cara de ponto de exclamação.

Anoitecia quando deixamos Oxford e pegamos a estrada rumo ao norte. Uma refeiçãozinha rápida de chá com leite e sanduíche de queijo num café da estrada e toca procurar um campo pra dormir. Nada de encontrar lenha pra fogueira. O dia fora calorento, mas a noite estava fria. Nos enfiamos em nossos sacos de dormir, aquele papo de papo pro ar assistindo ao espetáculo do céu em noite de lua nova. Estrelas cadentes e um troço no firmamento que dava a impressão de disco voador. E que delícia, acordar com o saco-de-dormir coberto de orvalho sobre um campo de feno! *Breakfast* no café da estrada e a próxima carona. No carro de um piloto da BOAC. Acostumado a pilotar jato, o cara voava na estrada. Adorou saber que a gente era do Brasil. Já tinha estado. Gostara muito de São Paulo onde "come-se muito bem". Passamos voando por uma cidadezinha charmosa chamada Woodstock onde ele nos apontou a casa onde nascera o Churchill. O piloto era marxista e nos deixou em Stratford-upon-Avon. Que estava cheia de turistas e *hippies*. Sentamo-nos com os *hippies* e fumamos um baseado que estava sendo passado, enquanto o rio Avon com suas águas claras, seus cisnes e os salgueiros às suas margens, suavemente... Depois de alguns minutos de sublime curtição, deixamos nossas mochilas debaixo de um salgueiro e fomos conhecer a cidade, visitando um pouco da lenda e da história.

Passar por Stratford e não assistir a um Shakespeare é o mesmo que ir a Roma e desprezar o Papa. À noite fomos ao teatro curtir o *Hamlet*. O teatro estava superlotado e assistimos à peça de pé. Dizia-se tratar de uma montagem revolucionária, mas não vimos nenhuma novidade no reino da Dinamarca a não ser uma pequena cena em que o Hamlet aparecia de bunda de fora. Uma bela bunda a do ator Alan Howard, indiscutivelmente. Vimos dois atos e saímos. Afinal, já sabíamos o fim da peça e preferimos as emoções baratas de um parque de diversões eduardiano. Apesar de eduardiano, era o mesmo parque de sempre: carrossel, roda-gigante, montanha-russa, a casa dos horrores e o rosa-choque do algodão-doce. Tudo ao som de "By the light of the silvery moon", sucesso do tempo do Onça, tocada no realejo. A tudo isso assistimos de saco de pipoca na mão. Quase entramos na barraca da palmista, que atendia pelo nome de Gipsy Rose Lee. Só não entregamos nossas mãos a ela porque estávamos já tão bem assim, ao deus-dará... E fomos dormir sob um salgueiro, à beira do Avon. Na manhã seguinte, quando acordamos, os cisnes deslizavam com nobre indiferença.

Chovia fininho e na estrada os carros não paravam. Até que parou uma camioneta com um velhinho simpático na direção. Ele distribuía um jornal de Birmingham pela região. Birmingham, cidade industrial, o maior supermercado da Inglaterra, onde se podia achar agulhas e elefantes; caronas, Canock – o maior centro de magia negra do país – no *Austin* de um estudante, o dia pelo meio da tarde e nós, rumo a Stoke-on-Trent, no espaçoso Cadillac de um casal dinamarquês em lua-de-mel. A noiva nos contava que naquela região – Yorkshire? – o vento era tão forte que, em épocas do ano, virava até caminhão de rodas pro céu. O casal nos deixou perto de Newcastle, e se não fosse uma estranha figura parecida com um cocheiro saído de fita de horror da Hammer nos ter oferecido carona no ato, na certa teríamos sido varridos pelo vento.

Em Newcastle tínhamos um conhecido, Ron Daniels, ex-ator e agora diretor do teatro Victoria, de Stoke-on-Trent. Ron Daniels e Angela eram pais de Alexis, um menino de três anos. Rodrigo e eu passamos uma noite agradável com os Daniels e aproveitamos também para tomar banho, lavar os cabelos com o xampu de Angela, comer aquela comidinha caseira e ficar com os pés voltados para a lareira conversando entre amigos, coisa que não fazíamos desde Londres. Na hora de nossa partida, no dia seguinte, Angela encheu nossas mochilas com sanduíches, laranjas, maçãs, e o casal mais o menino foram nos levar de carro até a encruzilhada da *motorway*. No caminho Angela nos contava que aquela parte da Inglaterra e Yorkshire – um pouquinho mais ao norte – inspirara *O Morro dos Ventos Uivantes*, da Emily Brontë. Na próxima cidade enviaria um cartão-postal para minha mãe no Brasil. Ela adorou o romance.

Fizemos aquele número de acenar adeuses do alto da colina com o vento uivando e varrendo toda aquela região. A coisa estava beirando o vendavalesco e quase não conseguimos enrolar um baseado com a maconha brasileira da melhor qualidade que ganhamos de Julinho Bressane, Helena Ignez e Rogério Sganzerla, em Londres, na véspera de nossa partida, depois de termos ido com o trio cineasta assistir a uma reprise de "Monterey Pop" num cinema em King's Cross.

Finalmente conseguimos enrolar a bendita erva. De fumaça na cuca ficamos silentes, possuídos pela beleza dramática do visual à nossa volta, ouvindo o som de um órgão que o vento – mais acalmado – agora – trazia de uma igreja do vilarejo que se avistava ao longe. Ah!, participar do espírito e quase ouvir a voz de Cathy chamando por Heathcliff...

Quase fomos atropelados por um BMW novinho em folha, vermelho reluzente. O dono, moderno almofadinha, com o olhar ligeiro apontou a porta pra que a abríssemos e entrássemos. Obrigou-nos a usar cinto de segurança. Rodrigo e eu, que antes estávamos totalmente descontraídos no barato da erva, agora nos sentíamos tensos e empinados. Quando nos deixou em Preston o cara pediu nosso autógrafo. Só por sermos brasileiros e o Brasil ter vencido a Copa, pode?

Em Preston a barra realmente pesou pro nosso lado. A gente estava sentado num gramado na entrada da cidade, com o mapa estendido, decidindo se ir para Liverpool ou se subir até Lancaster, ou se desviar até Leeds, ou se não seria uma boa explorar York, quando... – ai de nós! – estávamos cercados por um bando de *skinheads*. Os *skinheads* eram um novo modelo de juventude rebelde vinda do proletariado e que crescia por toda a Inglaterra. Tinham um uniforme: coturnos, jeans de barra dobrada na canela, suspensórios e camisa social de tecido sintético em cores neutras. Corte de cabelo quase careca, daí o nome *skinhead*. Idade média: 16 anos. Arrogantes, frios e sádicos, eram temidos e evitados por todos. Os *hippies* eram suas principais vítimas.

– Já estamos indo embora – disse Rodrigo, com uma voz tão trêmula que me deixou apavorado. Como escapar daquela?

– Só estamos olhando o mapa pra ver que estrada... – ia eu acrescentando. Um *skinhead* pegou o braço de Rodrigo e torceu. Rodrigo deu um grito meio de dor e meio teatral. O *skinhead* afrouxou um pouco.

– Vocês são franceses? – perguntou outro *skin*, com uma entonação de quem achava melhor (para nós) que a nossa resposta fosse não. Vi ali a nossa última chance. Respondi:

– Somos brasileiros.

Um dos *skins* trancou a cara como que não gostando da piada.

– Brasileiro não existe – disse o que torcia o braço de Rodrigo, torcendo-o ainda mais. Rodrigo deu um berro ainda maior que o primeiro. Os *skins* não se impressionaram.

– Nunca passou um brasileiro por aqui – disse, sério, outro do bando.

– Mas NÓS SOMOS brasileiros – insisti, com uma convicção que extrapolava a realidade.

– Se vocês são mesmo brasileiros, então digam o nome dos jogadores da seleção de seu país – exigiu um *skin* que até então só estava assistindo à cena. Claro que o nome de Pelé já estava na ponta da minha língua, mas... e os dos outros? Eu, que sempre ignorara futebol!

– Pelé, Tostão... (uma longa pausa)... Jairzinho, Rivelino, Adalberto... – ia eu falando enquanto tentava me lembrar dos outros cinco da nossa seleção.

Mas nem foi preciso. Aqueles cinco nomes mágicos bastaram pra que os *skinheads* abrissem um sorriso enorme, da mais pura inocência. Pra encurtar a história, os *skins* não só nos ajudaram a procurar a estrada no mapa como ainda nos levaram até ela. Na despedida ainda acenaram lenços. O que é o futebol, pensei, suspirando aliviado.

Como já era quase noite decidimos pernoitar ali mesmo. Era uma planície muito bonita, com árvores esparsas e um rio raso e de água limpa. Catamos lenha e gravetos e fizemos uma fogueira debaixo de uma árvore. Acendemos a fogueira, jantamos o lanche que Angela Daniels tinha nos preparado e nos enfiamos em nossos sacos de dormir. Despertamos na manhã seguinte com algumas vacas nos lambendo as caras. Lavamos o rosto no rio e mal alcançávamos a estrada começou a chover. E choveu o dia inteiro. Nos abrigamos sob um viaduto de cruzamento e demorou umas quatro horas até que conseguimos carona na velha camioneta de um rapaz técnico em consertos de geladeira. Ia pra Kendall e ao saber que éramos brasileiros ficou tão gratificado que decidiu desviar de sua rota só para nos levar a conhecer o distrito dos lagos. Estávamos em Lancashire, a mais bela de todas as belíssimas regiões pelas quais tínhamos passado desde Londres. *Cottages* e bangalôs graciosos, estradas sinuosas, a vivacidade do verde e as asas da nossa imaginação.

– Quando estou na estrada estou solteiro – dizia o rapaz. E contava-nos de sua mulher, da boa vida de casado e da boa vida que as aventuras extraconjugais lhe proporcionavam, *on the road*.

Rodrigo tirou da mochila um pente altamente folclórico, da mais autêntica arte plumária, feito por índios de alguma tribo amazonense, e o deu de presente ao moço, que ficou contentíssimo. Disse que ia levá-lo para a mulher quando voltasse para casa. Chegamos a Windermere, uma cidade encantadoramente cartão-postal. Agradecemos a carona e decidimos ficar por ali mesmo. Demos um passeio no barco de turistas pelo lago que, de tão vasto, se perdia de vista nas curvas atrás da montanha. E mais uma vez a estrada. E sempre pessoas, andarilhos, subindo e descendo, parando para um ligeiro papo, contando daqui e dali. Uma figura maravilhosa, um velho altíssimo, tipo espantalho de milharal, de galho seco à guisa de bengala na mão esquerda, frigideiras e panelas penduradas na surrada mochila. Um velho da estrada, nem pedia carona, ia caminhando sempre, rumo ao norte, solitário, sereno. "Esta é a primeira casa da Escócia", avisava uma placa. E lá estávamos. Em Carlisle. E depois Glasgow. Chuva, arrabaldes, noite vazia. Um rapaz parou o automóvel e nos convidou a entrar. Disse que não ia ser fácil encontrar hotel aberto àquela hora. Em Glasgow os hotéis fecham suas portas às dez da noite. Corremos os hotéis, tocamos campainhas, ninguém vinha à porta. Por fim conseguimos. A sonolenta figura que surgiu à porta disse que a casa estava lotada. Mas, compadecida por estarmos molhados até os ossos, ela nos arranjou um quarto de despejos.

Pagamos adiantado, ajeitamo-nos em nossos sacos de dormir e, na manhã seguinte, lá estávamos, vagabundando pelas ruas. Glasgow era realmente uma cidade feia – "a cidade mais feia do mundo", nos alertara um andarilho canadense que cruzamos na estrada. "O Cristo de São João da Cruz", de Salvador Dalí, bem na entrada do museu. No parque, um guarda correndo atrás da molecada de rua que tentava escorar uma escada numa cascata artificial. Fugindo do guarda, os moleques passaram por mim e um deles, me vendo fumando, veio me pedir um cigarro. Ofereci cigarros a todos e a molecada ficou encantada com a minha generosidade. E, naturalmente, um deles perguntou de onde eu vinha e eu disse, do Brasil.

– Do Brasil?!!! – exclamaram todos, como se eu fosse um milagre. E só por estarem perto de um brasileiro, ainda que longe de ser um Rivelino, mas ainda assim de carne e osso, os meninos tiraram tudo que tinham nos bolsos e me deram: uma carteira rota e vazia, uma figurinha de *pin-up* em 3D, um *penny,* uma medalhinha e outras coisas de meninos. Um deles mandou que eu esperasse um pouco e foi comprar um saquinho de *marshmallows* pra mim. Contei à molecada que tinha outro brasileiro ali no parque e fomos – já como velhos amigos – até onde estava Rodrigo.

Rodrigo, que tirava uma soneca na grama, levou um susto ao acordar cercado pelos moleques. Imaginou um *replay* daquela cena com os *skinheads* em Preston. Ficou mais tranqüilo quando um dos guris lhe estendeu o saquinho com *marshmallows*. E saímos para uma caminhada pelas ruas de Glasgow, ciceroneados por seus meninos. Um deles, de nome John Lyle, contou-nos que o pai trabalhava nas docas e que o Santos – com Pelé – vinha a Glasgow jogar com o Celtic. Passando por uma banca de jornal onde apanha-se o exemplar e deixa-se o dinheiro, um dos meninos pegou um e me deu, dizendo:

– Quando você quiser jornal você pega e não deixa dinheiro, porque ninguém vê.

Meninos pobres mas vivos, espertos e travessos, como são geralmente seus semelhantes do mundo inteiro. À noite, no hotel, Rodrigo e eu fumamos um baseado e saímos pra curtir "Hair" numa montagem itinerante que fazia temporada na cidade. No final subimos ao palco para a dança apoteótica e fomos conquistados por duas garotas do elenco. Pat Ford ficou com Rodrigo e Francesca Maria comigo. Ambas eram de Manchester. Passamos dois dias e duas noites juntos, os quatro, tipo namorando, bebendo cerveja e comendo milho cozido na manteiga. Pat e Francesca cantavam canções escocesas, irlandesas e outras do folclore do Reino Unido. Ensinavam-nos os nomes das flores e das plantas perfumadas da estação. Mas tínhamos que continuar a viagem.

– É sempre assim, sempre que conhecemos pessoas interessantes, depois de dois, três dias, lá se vão elas embora, para sempre... – dizia Pat, aos prantos, grudada em Rodrigo. Entramos no trem e chegamos a Edimburgo.

Rodrigo tinha o endereço de um brasileiro, conhecido dele, que estudava em Edimburgo, e assim José Maria conseguiu nos alojar em sua república, onde havia estudantes de muitos países. Um deles, do Irã ou do Iraque, implicou com a nossa aparência *hippie*. Mas depois de tomarmos um banho de banheira e de vestirmos as nossas roupas mais limpas, se não parecíamos saídos das páginas da *L'Uomo Vogue* também não estávamos mal apresentados.

Durante a semana que passamos em Edimburgo, Rodrigo e eu dávamos folga um ao outro e saíamos para as nossas aventuras de espionagem individuais. O que eu mais gostava de fazer era vagabundar pelo Jardim da Princesa, que começa na calçada da avenida principal descendo até o vale e subindo o monte indo dar nas muralhas do castelo que eu imaginava ter sido o de Mary Stuart, a rainha dos *scots*. Sentia-me ao mesmo tempo estrangeiro e filho pródigo, isto é, sentia-me como quem vem de longe e ao mesmo tempo como quem volta ao lar depois de toda uma saga alhures. O castelo da Rainha Mary foi um impacto na alma. Tocava suas muralhas mas não queria visitá-lo por dentro para não dar de cara com mais um museu. Preferia imaginar e sonhar acordado.

Passeios solitários e encontros casuais no Jardim da Princesa, como na manhã em que Jimmy, um garoto de 13 anos, me contou que o pai lhe dissera que Pelé não era um negro como os outros, que a cor de Pelé era azul-marinho; noites no teatro, assistindo pela primeira vez na vida a uma ópera, se bem que leve, "A Flauta Mágica" de Mozart. Ao teatro eu ia com Rodrigo, que não me deixou perder "Flores", um espetáculo de mímica *grotesque* baseado em texto de Genet, com Lindsay Kemp e sua trupe. Era tão espetacularmente *disgusting* que, literalmente tomado, Rodrigo teve que ir cumprimentar os atores no camarim. Lindsay Kemp apaixonou-se instantaneamente por Rodrigo e este não sabia o que fazer.

Tardes no museu, descobrindo a pintura da escola de Rafael. Almoços nos restaurantes da universidade, noites nos pubs da cidade... Ruas, a rapaziada de saiote não era a maioria mas nenhuma outra me pareceu tão máscula. Achei tão chique que um dia pedi emprestado o *kilt* do José Maria para dar uma voltinha. Adorei. Uma noite fui ao concerto da *Incredible String Band* e me senti em pleno universo da magia branca e atemporal.

Uma semana em Edimburgo e voltamos a Londres, por uma outra rota e desta vez de trem, passando por cidades como Newcastle-upon-Tyne, Scarborough, a paisagem vista da janela, verdes pastagens, às vezes o mar, fazendas, ovelhas e gado na serenidade inglesa etc. até o ponto final em King's Cross. Metrô, Rodrigo ficou em South Kensington e eu fui para o meu pequeno quarto na King's Road onde, por cinco libras semanais, dormi mais uma noite feliz.

CAPÍTULO 3

Diário íntimo

Sonia Stevens acaba de voltar do hospital onde foi fazer uma plástica para diminuir o queixo que era longo e pontudo – e isso a irritava. Achei falta de juízo da parte dela. Para mim, todo o seu charme e personalidade estavam exatamente no queixo. Apesar de todos os curativos e esparadrapos fazendo volume, a opinião geral do pessoal do prédio, incluindo seu atual namorado, é que Sonia diminuiu o queixo mais do que devia. Todos têm a impressão de que, de tão encurtado, o queixo de Sonia, quando forem retirados os curativos, estará praticamente colado ao lábio inferior. Enfim, ela era dona do próprio queixo pra ter feito o que fez dele.

Já não moro mais naquele quarto na *penthouse* de Sonia. Continuo no mesmo prédio, só que agora estou no primeiro lance, num quarto amplo e independente, por dez libras semanais. Meu novo quarto é tão espaçoso que é como se fossem dois quartos sem a parede do meio os dividindo. Inclusive ainda existem, nas paredes laterais e no teto, as marcas de uma parede que o dividia em dois. Tem cinco janelas. Duas delas dão para a King's Road e duas para a Old Church Street. A janela do meio fica na pequena sacada que faz quina com as duas ruas. Mudei-me para este quarto porque José Vicente está para chegar do Brasil. Ele é meu amigo predileto e foi premiado com o *Molière* de melhor autor teatral do ano, no Rio, por sua peça "O Assalto". Meus dias, agora, têm sido aguardar com ansiedade a chegada dele. Mesmo assim continuo tendo um bom tempo. Das janelas do quarto reconheço alguns tipos que passam pela King's Road. Reconheço a estrela Joan Collins, por exemplo, toda de branco – ela repetiu a roupa duas vezes esta semana –, fazendo compras ou entrando num salão de beleza. Reconheço Pete Townshend e Mick

Jagger passando, não juntos mas igualmente apressados; celebridades de vários *sets,* turistas e até mesmo um astro da tevê brasileira em férias pela Europa, passando sob minhas janelas. Sem contar que nós, inquilinos de Sonia Stevens, também continuamos nos divertindo casualmente uns com os outros. No quarto ao lado do meu vive um jovem pintor, Tom, e sua garota. Há sempre um cheiro de incenso saindo pelas frestas de nossas portas e perfumando não só o corredor do nosso andar mas a escadaria de madeira que leva aos dois andares acima e ao térreo, onde fica o *hall* de entrada. Dia desses Starr Lidell – a solitária e cinqüentona ex-atriz australiana – deu um escândalo no corredor dizendo que "onde há fumaça há fogo", ou seja, onde há cheiro de incenso é porque tem gente fumando haxixe. Tom deu uma desculpa qualquer, desculpa que a Starr não aceitou, ameaçando denunciá-lo à polícia se o cheiro continuar.

Starr Lidell adora *brandy* e está quase sempre de pilequinho. Às vezes ela me convida para um cálice no seu quarto, que é duas vezes menor que o meu e mil vezes mais entulhado de memórias e bricabraques. Sentado no velho tapete persa, de pernas cruzadas feito Buda, lá fico eu, enquanto Starr deitada na *chaise-longue* vai me mostrando sua coleção de postais dos lugares por onde ela viajou: hotelzinhos à beira-mar no sul da França, catedrais de toda a Europa Ocidental, pequenas cidades da Bélgica e da Holanda.

– Quando eu era atriz em Melbourne – conta Starr, dando rápidos beliscões nas bochechas – meus companheiros de elenco me achavam parecida com Marlene Dietrich, por causa das maçãs...

Enquanto fala do passado ela levanta-se e vai até a cômoda, abre uma gaveta e tira um monte de fotografias daquele tempo. Starr Lidell realmente tinha *maçãs.* Hoje, menos fatal, ela lembra um pouco a Deborah Kerr, por um sei-lá-quê ao mesmo tempo ingênuo e libertino. Curto muito a Starr e parece que ela também gosta de mim. Talvez porque eu consiga ficar horas e horas na mesma posição, ouvindo-a.

No quarto grudado ao de Starr mora Spiros, um moço cipriota que o pai mandou a Londres estudar engenharia. Spiros não tem a mínima paciência com a Starr, quando ela cruza com ele no corredor e puxa assunto. Vivo dizendo a Spiros que *miss* Lidell é uma pessoa muito interessante e que vale a pena chegar mais nela. Mas ele não se deixa convencer pelas minhas palavras e continua escapando do charme dela. Desconfio que Spiros tem medo de afrouxar e acabar sendo devorado sexualmente pela ex-Dietrich de Melbourne. Seria ótimo pra ele, que é sério, formal, estudioso e deve ser virgem. E seria melhor ainda para a Starr, que deve andar meio que precisada.

Meu inglês está *improving* (como disse a Starr), mas o de Spiros é péssimo, ainda que ele seja mais disciplinado que eu e passe a maior parte do tempo estudando a língua para poder acompanhar as aulas na universidade. Todos os dias ele bate à minha porta para pequenas conversas que nunca duram mais que dez minutos. Spiros me conta da vida no Chipre e diz que se algum dia eu visitar sua ilha serei bem recebido na casa de sua família.

No centro do meu quarto tem uma mesa redonda, com a tampa apenas apoiada sobre o suporte. Quando o chá é servido ao pessoal, normalmente algum distraído apóia os cotovelos sobre ela e as canecas voam, derramando o líquido em quem estiver em volta.

Mesa, cadeiras, duas poltronas estofadas, as duas camas de solteiro, o guarda-roupa de vime, o tapete roto, as coisas do meu quarto me parece que foram coletadas de algum lixo e não oferecem nenhuma proposta definida de estilo. Mas sinto um grande afeto por tudo isso, que não é muito e não atravanca o espaço.

Bernie – um dos habituês da comunidade dos irmãos Prado – me deu um velho toca-discos cujo som, mesmo quando ligado e sem ter nenhum disco tocando, faz lembrar uma contínua e monótona ventania. Tenho pouco mais que uma dúzia de discos, quase todos comprados no sebo, no tempo em que ainda me sobrava alguma grana pra sebo; discos do King Crimson, Traffic, Mott The Hoople, Nick Drake, Fotheringay, gemas do pop eclético. O número de pessoas que freqüentam meu quarto é bem considerável. Alguns são brasileiros, outros são ingleses ou de outras nacionalidades, sendo que muitos são conhecidos desde aquele mês que morei no apartamento dos irmãos Prado. As adoráveis Carol e Caroline, por exemplo. Novos amigos como Chris Jones, que de vez em quando escreve críticas para a revista Films and Filming; Chris ficou fã de Odette Lara depois de tê-la assistido no filme *Antonio das Mortes*, do Glauber, sucesso aqui entre a estudantada e a turma do cinema culto. Paul Iredale, que veio falar comigo uma noite no *Seed,* me perguntando se eu não era aquele louco que estava dançando com um *Jesus-freak* no topo de um pequeno monte durante a cerimônia dos druídas em Stonehenge. Era eu mesmo. Paul, então, me convidou para um baseado de haxixe e ópio no apartamento que divide com outros estudantes ingleses em Paddington. Nesse mesmo apartamento conheci David Luce, filho de um fazendeiro de Jersey, que foi o primeiro a me falar do ginseng. Dennis, um garoto pobre e angelical chegado da Escócia e dormindo num dos albergues noturnos do Soho. Lynn, um economista que trabalha como jardineiro no parque Battersea, e Barbara, sua mulher. Numa das visitas ao meu quarto Lynn e Barbara me trouxeram de presente o TAO, livro que ainda não tive tempo de abrir mas que, segundo o casal, tem muitos ensinamentos. Temo que, lendo o TAO, poderei me tornar um taoísta e não fazer mais nada na vida. E mais: Jay Seeman, de Nova York; Phil, da Guiana Inglesa; Gaguinho, de 20 anos, que veio do Rio Grande do Sul trabalhando num navio cargueiro e que agora espera a namorada, que vai chegar do Brasil. Rogério Sganzerla e Helena Ignez: ele, um dos mais talentosos diretores do novo cinema brasileiro, e ela, sua mulher e uma de minhas atrizes favoritas. E Rodrigo Santiago, claro. Rodrigo vem recebendo cartas e mais cartas do mímico Lindsay Kemp, que conhecera em Edimburgo. Cartas coloridas e apaixonadas. Mas não tem tido tempo de respondê-las. Rodrigo agora está saindo com Liz, uma loura americana. Na semana passada fui com eles ao teatro assistir a "Hedda Gabler", com a grande Maggie Smith, direção de Ingmar Bergman. Achei interessante assistir a uma direção teatral de Bergman e ver *miss* Smith no palco. Mas não curto Ibsen e achei o cenário muito escuro, ainda que os vestidos de Maggie me parecessem muito bonitos. Rodrigo e Liz gostaram. Depois fomos jantar num restaurante indiano perto do teatro, no West End. Liz, que deu a idéia de jantar fora, foi também quem pagou a conta. E adorou a noitada. Confesso que gostei mais do jantar que da peça. Deus abençoe essa americana generosa.

Hoje fez um dia lindo. Starr Lidell, depois de ter lavado o cabelo e ir secá-lo ao sol no agradável parque Battersea, logo ali no outro lado do Tâmisa, bateu à minha porta para me entregar um embrulho que alguém deixara, com meu nome, junto à porta do prédio. Desembrulhei o pacote e era uma caixa do cereal *Weetabix,* com um bilhete anônimo, em inglês: "Que o *Weetabix* restaure as suas energias para você enfrentar o mais frio dos invernos". Assinado: "Um *freak* amigo".

Imagino que o simpático presente só pode ter vindo de Neil, um dos novos conhecidos, porque na noite de ontem fazia muito frio, apesar de estarmos no verão, e, enquanto sorvíamos nosso chá, confessei a ele sentir, por antecipação, um certo medo do que será Londres no inverno, justificando-me assim: – Se agora que é verão faz um frio desses, imagina quando for pleno inverno!

Neil achou graça do meu medo e disse pra eu não me preocupar, que o inverno, ainda que distante, também é uma estação muito interessante.

E assim tenho passado meus dias, alegre e despreocupado. – Os semelhantes se atraem – disse Gaguinho outro dia. E é a pura verdade. A maioria desses novos conhecimentos acontece quando estou vagabundando solitário pelas ruas e parques de Londres. Não penso muito no passado e nem me preocupo com o dia de amanhã. Nunca o mundo me foi tão jovem. E no meio das imperfeições – tipo a tampa frouxa da minha mesa redonda – tudo me parece perfeito e artístico. Hoje recebi um telegrama de José Vicente mandando eu ficar onde estou que ele chegará dentro de três dias. A excitação não me deixará dormir. Não tenho relógio nem rádio, mas suponho que sejam mais de três horas.

CAPÍTULO 4

José Vicente

O dia da chegada de José Vicente, seis de agosto, foi o dia mais excitante dessa fase de minha vida. Uma boa cota das minhas energias foi gasta em cada segundo que antecedeu o momento de ir recebê-lo em Heathrow. O outro tanto dessas energias estava guardado para a nossa *colisão*, no aeroporto. Fiquei atento em chegar com bastante antecedência para não haver desencontro. Uma vez lá, esperei e esperei até meia hora depois. Impaciente, fui ao balcão de informações onde me disseram que o jato da Air France tinha pousado antes da hora prevista. Corri e comprei uma ficha telefônica e disquei para a casa de Guilherme Araújo. Tinha combinado com Zé, por carta, que se houvesse qualquer desencontro entre nós ele deveria ir pra casa do Guilherme. Ele já estava lá. Estando José Vicente *chez* Guilherme, nosso encontro seria sem o embate recíproco de nossos corpos, mas inibido e formal. A gente se conhecia bastante pra saber disso.

A viagem de volta do aeroporto até a casa de Guilherme em Chelsea, com ônibus, metrô e mais ônibus, exigiu de mim todo um esforço para conter a bandeira da histeria. Quando Guilherme abriu a porta e vi José Vicente na poltrona, de cigarro na mão, afetando a maior naturalidade, senti que devia deixar no corredor toda a emoção e entrar simulando uma calma *blasé*. Foi o que fiz.

Guilherme e José Vicente estavam no meio de uma conversa que me parecia qualquer coisa a respeito do momento histórico que atravessava o Brasil em geral e Ipanema em particular. Em seguida Guilherme preparou jantar para três. José e eu saímos de lá quase às dez da noite e ainda restavam os últimos reflexos da luz solar daquele dia porque, no verão, dez horas da noite em Londres pode ainda ser considerado dia. Fomos caminhando pela King's Road e chegamos ao nosso quarto.

Entre as duas camas, Zé escolheu a que ficava junto das janelas que davam para a Kings's Road. Eu estava louco pra conversar, mas meu amigo se dizia cansado da viagem. Deitou e dormiu logo, me deixando acordado e excitado a noite inteira, ficando a imaginar que personagem ele desempenharia no alegre e moderno conto-de-fada que era essa vida em Londres.

Mal amanheceu, pulei da cama e corri à cozinha comum para preparar o café. Para se chegar a essa cozinha era preciso atravessar um corredor e um quarto sem luz, de janelas permanentemente fechadas. Esse cômodo, transformado em quarto de despejos do prédio, era cheio de entulhos abandonados por antigos moradores. Os inquilinos de Sonia Stevens preferiam cozinhar suas refeições nos fogareiros de seus próprios quartos a ter que passar pelo visual deprimente desse pedaço. Exceto Starr Lidell quando, lá uma vez ou outra, cismava de cozinhar um "carneiro à australiana" para servir nos jantares e festinhas que eventualmente aconteciam em alguns dos quartos da mansão. Mas no meu quarto não havia fogareiro e eu achava uma curtição usar o grande fogão da cozinha comum.

Despertei José Vicente com o café na mesa, e quando abri as cinco janelas do quarto ele respondeu com um sorriso igualmente amplo. Do signo de Leão, José Vicente fazia questão de ser reconhecido como um natural adorador do Sol. Adorou a idéia do nosso quarto ser como se fossem dois quartos mas sem a parede do meio dividindo-os. Respeitaríamos a privacidade de cada um e não nos perderíamos de vista. Ele poderia assistir aos meus momentos de solidão voluntária e eu, aos seus. E quando sentíssemos vontade de diálogo era só varar a parede simbólica. Era o refúgio perfeito para dois artistas que se amavam, que às vezes se odiavam, e que pretendiam continuar individuais e independentes.

Depois do café iniciamos a decoração dos dois ambientes. Zé pendurou um enorme rosário de madeira, que trouxera de sua casa no Brasil, na parede junto à cabeceira de sua cama, e eu colei com durex na parede ao lado da minha umas figuras do *underground* como, por exemplo, um pôster da revista *OZ* com Candy Darling toda nua e com aquele seu pênis enorme, bizarra. José, com um sorriso entre cínico e cúmplice, disse que assim ficavam patentes as nossas diferenças. E saímos para as ruas.

Meu amigo ambientou-se rapidamente e em momento algum deu bandeira de deslumbrado. Nos dias seguintes levei-o às casas dos brasileiros, aos parques, ao Soho, a Notting Hill e à High Street Kensington. José também saiu bastante sozinho, ou com outras pessoas, colhendo suas próprias impressões. Dos moradores do nosso prédio, ele não se deixou impressionar por Sonia Stevens. Achou Starr Lidell engraçada e, para minha surpresa e até ciúme, tornou-se amigo de Spiros, o cipriota, e, juntos, saíam a bebericar café e conhaque no terraço do *Chelsea Antique Market*. Quanto aos visitantes, José Vicente não se mostrou tão fascinado quanto eu pelos ingleses, sentindo mais afinidades com os latinos e, em especial, com os brasileiros. Mais arraigado que eu, José falava muito de sua Minas, da magia de seu rincão natal. Não estava disposto a mergulhar fundo no Velho Continente porque sabia que a Europa já era considerada morta e que sua passagem por ali seria breve. Sentia-se, mesmo, era ligado ao Brasil e ao teatro brasileiro. Ajuizado – e como qualquer pessoa que recebe um prêmio –, José Vicente não tinha outra intenção senão gozá-lo e não se deixar prender muito tempo no estrangeiro. E nem pretendia passar as férias inteiras em Londres. Depois de sacar a cidade ele viajaria a Paris e, depois, Amsterdam, Roma, Madri, Lisboa. Talvez Berlim (para dar uma olhada no muro) e, quem sabe, à Grécia. Ou então, como era moda, uma esticada até Marrocos.

Mas em poucos dias Londres conquistou sua simpatia e ele abandonou a pressa de partir. Para um jovem autor teatral, acostumado a descobrir personagens nas pessoas, os que povoavam a cidade eram irresistíveis. Na atmosfera mesclavam-se, em tons puxados para a aquarela e o pastel, o clássico e o pirado, civilização e decadência, virtude e vício, o antigo e a vanguarda, a ordem em progresso e a anarquia em evolução. De Shakespeare a Joe Orton, o texto era basicamente inglês; mas sobrava espaço para o brilho sonoro da fonética internacional. Dos brasileiros, ninguém sentia-se culpado do Brasil estar lá e eles cá, gozando a liberdade nessa espécie de exílio voluntário. José Vicente fazia pesquisas no universo do *exquisite* enquanto eu me encantava com tudo que me parecesse *peculiar*.

Um dia *miss* Stevens bateu à nossa porta para reclamar do excesso de gente que vínhamos recebendo no quarto. Disse que a polícia podia aparecer repentinamente e levar todo mundo ao distrito. Que conhecia bem essas coisas, pois fora noiva de Brian Epstein, o empresário dos Beatles.

Se a polícia aparecesse não iria encontrar nada de muito comprometedor. Quando se fumava haxixe ou maconha era porque alguns dos visitantes traziam. Era muito comum ir às casas dos amigos e levar, na bolsinha, erva que desse para fazer um ou dois baseados. Era normal atravessar o dia de cabeça feita.

Mas aproveitei a chance para reivindicar de Sonia uma série de direitos. O gás do fogão da cozinha comum, por exemplo, não estava funcionando há dias, nem mesmo colocando as moedas de seis pences. Aproveitei ainda a bronca de Sonia para reclamar do aquecedor do nosso quarto que estava quebrado, embora estivéssemos no meio do verão, com noites em que José e eu dormíamos com as cinco janelas semi-abertas por causa não do calor, mas porque a brisa da noite era agradável à nossa sensibilidade romântica e fazia bem à saúde.

Miss Stevens mostrou-se espantada com a fluência do meu inglês e prometeu reparar o que era preciso desde que parássemos de receber tanta gente no quarto.

Passaram-se dias e o gás do fogão da cozinha comum continuou não funcionando e nós continuamos recebendo visitas no quarto.

CAPÍTULO 5

Diário íntimo, última semana de agosto

Segunda-feira: José Vicente decidiu passar a tarde na National Gallery observando "Toalete de Vênus", o quadro de Velásquez que ele adora. Combinamos vagamente um encontro para as seis horas na porta do Marquee. Eu estava louco pra assistir a um show do grupo *May Blitz* e José disse que talvez aparecesse para pagar meu ingresso, já que estou duro. Não apareceu. Na espera dele fiquei conhecendo um alemão, o Gert, que me contou que estava ali na porta do Marquee porque conhecia o baterista do *Grail,* que tocava antes do *Blitz.* Na véspera o baterista garantiu que botava Gert pra dentro. Mas ele chegou um pouco tarde e o *Grail* já estava no palco, tocando. Gert e eu fomos caminhando da Wardour Street até a estação de metrô em Piccadilly. Falando um inglês perfeito ele me contou que tem 19 anos, mora em Oerlinghausen e está passando as férias em Londres, hospedado numa casa de estudantes em South Kensington. Pegamos o metrô juntos e na despedida dei a ele meu endereço.

Terça-feira: Hoje foi um dia bastante agitado. Gert Volkmer apareceu logo de manhã trazendo-me de presente uma enorme *grapefruit.* José Vicente também recebeu dois estudantes canadenses, altíssimos, que conhecera ontem na National Gallery. Além disso, chegaram dois garotos portugueses, um deles filho da atriz Laura do Soveral. Esse garoto eu já conhecia, pois estivera alguns dias atrás, com sua mãe e com o filho de Marcelo Caetano, em casa de Guilherme Araújo. Mercedes Robirosa também apareceu com Martine, sua amiga francesa. Mercedes, que é argentina, está em Londres, chegada de Milão, para ser fotografada para uma revista de moda. Logo depois chegou Gaguinho, que enrolou um enorme charo de maconha africana.

Hilary também apareceu, depois de um tempão sumido. Hilary contou que está morando com uma universitária americana. Ele me deixou seu novo endereço e me convidou a aparecer lá. Nisso, Sonia Stevens bateu na porta para pedir minha vitrola emprestada para a festa que ela dará na quinta-feira para apresentar o novo queixo à sua turma. Sonia fez cara de desgosto quando viu todo o pessoal dentro do quarto e o enorme baseado na mão de Gaguinho, mas acalmou-se assim que eu lhe garanti que lhe emprestava a vitrola com o maior prazer.

Quarta-feira: Um dia feliz. Deixei José Vicente em casa com os dois canadenses e fui andar pelas ruas com Gert Volkmer, meu novo amigo. Encontramos Starr Lidell na entrada do prédio e ela vibrou com energia escandalosa quando viu Gert. Fez os maiores elogios ao cabelo dele, que é comprido e liso, e disse que adoraria lavá-lo. Starr contou ao Gert que tem uma coleção de xampus e convidou-o a aparecer em seu quarto. Gert, entre atônito e contente, prometeu que qualquer hora aparecia.

Uma noite divina. Há dias Rodrigo Santiago, José Vicente e eu combinamos nos juntar uma noite por semana para estudar. Hoje foi a primeira noite. Estudamos, por sugestão de Rodrigo, *O Banquete* de Platão. Rodrigo leu-o tão bem que nos sentimos transportados à Grécia antiga. E eu ri muito com o humor de Platão quando ele comenta a presença da Pobreza, a qual, encolhida num canto, constrangia, com sua miséria, os participantes do Banquete. Como os gregos eram cínicos!

Quinta-feira: Rodrigo, José Vicente e eu fomos almoçar com Guilherme Araújo, Laura do Soveral e o filho de Marcelo Caetano no *The Casserole*. A lendária Nico (que se destacou em "La Dolce Vita" e foi *chanteuse* do Velvet Underground) e o jamaicano Calvin Lockhart estavam lá. Nico está na Inglaterra se relançando como solista. Os rapazes que servem no *Casserole* são tão *gays*! Eles servem o almoço dançando e cantando os últimos sucessos da Diana Ross. Toda vez que vou ao *Casserole* me divirto muito. Lá dentro as pessoas são tão *poseurs*!

Esta noite aconteceu o tal jantar na *penthouse* de Sonia Stevens. Não fomos convidados, mas o namorado de Sonia veio buscar a minha vitrola. Ficamos, José Vicente e eu, nas janelas do nosso quarto assistindo à chegada dos convidados de *miss* Stevens. Diana Dors – gorda, loiríssima e esfuziante – era uma das celebridades presentes. Joan Collins era outra. Torci pra que o novo queixo de Sonia fizesse sucesso e fosse bem recebido pelos amigos. E que a minha vitrola não desse vexame. O aroma do "carneiro à australiana" preparado pela Starr está na atmosfera até agora, tarde da noite.

Sexta-feira: São mais de duas horas da manhã. Chegamos faz pouco da festa no novo apartamento de Helena Ignez e Rogério Sganzerla. José Vicente está deitado lendo William Burroughs, cujo estilo ele deve estar achando no mínimo *exquisite*. E eu escrevo meu diário.

Fomos bem chiques à festa de Helena. José vestia calça e blusão de couro negro reluzente. José estava realmente bem, de *leather boy*. Meu traje era mais simples: jeans de veludo e uma camiseta, ambos na cor rosa-antigo.

Toda vez que vou ao apartamento de Helena e Rogério fico tenso. Não por Helena e Rogério, claro, mas pelo apartamento em si. O dono é um famoso cenógrafo inglês que foi passar alguns meses fora de Londres. O apartamento foi alugado a Helena e Rogério através de Antonio Henrique que, parece, tem um caso com o cenógrafo. Todo decorado com estilo, o apartamento é inteiramente branco, das paredes aos móveis, do forro ao carpete, assim como em mil outros detalhes. Tudo em nuanças de branco-sobre-branco. E bem anos trinta, talvez *art-déco*. A causa de minha tensão é o medo que aconteça, sem querer, qualquer desastre que possa macular aquela brancura toda, como por exemplo deixar cair uma taça de vinho tinto. Se o vinho servido fosse branco seria ótimo e evitaria maiores problemas. Mas acontece que agora é moda servir *Mateus rosé*.

Jorge Mautner estava presente e sugeriu que todos tirassem a roupa e ficassem nus para que, despidas, as peles criassem interessantes contrastes com a brancura total do apartamento. Quase todo mundo estava lá: Caetano e Dedé, Artur e Maria Helena, Antonio Henrique e a exótica Lodo, Johnny e Maria, David Linger e Naná Sayanes, Sérgio e Marilyn, Rodrigo Santiago, Ruth Mautner, Diduzinho de Souza Campos, Johnny Salles e outros, para citar apenas alguns. José Vicente, astuto, me disse que ia continuar vestido porque estava achando já bastante contrastante o negro reluzente de sua roupa de couro com a brancura do apartamento. Eu também resolvi seguir minha intuição e manter-me vestido porque meu traje rosa-antigo também contrastava bem com a brancura do ambiente. Nem todos ficaram nus, mas Lodo, surpreendentemente liberada, ficou. Caetano, Rogério, Ruth e Jorge Mautner também ficaram. Os mais tímidos e os que não estavam interessados em nudismo se retiraram para a biblioteca também branca e com os livros encadernados de branco-galalite como se fossem missários de primeira comunhão. Na biblioteca ficamos conversando, Rodrigo, Diduzinho, Johnny Salles, José Vicente e eu. E assim perdemos o show de contrastes entre Rogério e Ruth Mautner que, dizem, foi impagável.

Sábado: Hoje foi o tipo do dia que amo. Nada de importante aconteceu e ao mesmo tempo foi tudo ótimo. Um dia de verão tão quente que me fez lembrar do verão carioca. Sem uma nuvem no céu azul e nenhum compromisso, mas muita liberdade para fazer o que bem entendesse ou fazer absolutamente nada. É claro que eu não ia ficar sem fazer nada. Por causa do sol, José Vicente despertou no melhor dos humores, irradiando felicidade. Logo depois apareceu Gert Volkmer trazendo-nos duas maçãs para o nosso desjejum. Não demorou muito Starr Lidell bateu à porta porque viu, de sua janela, Gert chegando ao prédio. E como era manhã de sábado e o sol brilhava, Starr achou que era um dia ideal para lavar o cabelo do meu amigo. Enquanto Gert subiu para conhecer a coleção de xampus de Starr, José Vicente e eu ficamos comendo as maçãs que ele nos trouxe. Meia hora depois ele voltou felicíssimo e com os cabelos brilhantes e mais esvoaçantes que nunca.

Resolvemos ir passear, rir, brincar e flertar, na Portobello Road. No caminho, José Vicente – continuando suas experiências em torno da estética do *exquisite* – parou em uma *drugstore* para comprar um batom *Mary Quant,* dizendo que desde 1967 vinha ouvindo falar maravilhas da cosmética de *miss* Quant e que se não comprasse o batom agora ele não compraria nunca mais. E comprou um, na tonalidade vermelho-ameixa. E ali mesmo na *drugstore*, em frente de um espelho, José Vicente passou o batom nos lábios. Gert e eu sentimos tanta inveja que pedimos que ele nos deixasse passar um pouco. José, a princípio, não quis, mas diante das nossas caras tristíssimas acabou emprestando-nos o batom. E fomos os três, de lábios pintados, pegar o metrô.

Encontramos muitas figuras conhecidas no Portobello. Twink, dos *Pink Fairies*; Lemmy e Nik Turner, do *Hawkwind.* São os *freaks* mais freaks de Londres. Lemmy – deve ter uns 19 anos – é altíssimo, cabelo até a cintura, barba, e seu andar masculino/feminino em botas de couro de *lezard,* salto altão e roupa justa – é longilíneo – em cores de kilim desbotado, surrado, chique. Levando um bebê no colo, seu filho. Eles são *heads*, *hippies* e *freaks* ao mesmo tempo, anjos e *vamps* psicodélicos. São amigos do Michael Moorcock, autor de tantos *best-sellers* de ficção científica. Essa turma inspirou Moorcock, que os colocou como personagens principais de muitos de seus livros. São os *Hawklords,* da série. Figuras de destaque na cena *underground*. Nik Turner, por exemplo, é co-fundador do *Hawkwind* e sempre o vejo com o rosto pintado de máscara prata e com a mesma calça de couro negro com apliques de estrelas prateadas.

Nik Turner nos viu – eu, Gert e José Vicente – de batom vermelho-ameixa e nos sorriu, cúmplice. Sabendo que nós também fazemos parte da *Conspiração*. Intergaláctica, talvez. Aquelas coisas.

Logo em seguida encontramos Mercedes Robirosa, a deusa portenha. Me perdi de Gert e José Vicente enquanto fazia *footing* com Mercedes, que comprou e me deu de presente um bonito embornal de linho sépia que custou cinco *shillings*.

À noite fomos ao apartamento dos irmãos Prado. A generosidade de Cláudio chegou ao ponto que nem ele mesmo consegue mais contar quantos *freaks* estão morando lá. E eu também nem vou tentar descrever essa noite porque sei, de princípio, que seria muito trabalho pra minha mão direita, já que escrevo meu diário à mão. Mas foi uma noite até certo ponto divertida. Na vitrola muito repeteco de *Black Sabbath* e *King Crimson*. Quase todos viajavam de ácido. Eu, nessa noite, não. Dei apenas alguns tragos nos baseados de haxixe que rolavam. Gert Volkmer me contou que nunca tinha estado em algum lugar parecido com a comunidade dos irmãos Prado. Achou demais.

Domingo: Os povos do mundo inteiro concordam ao menos numa coisa: domingo é o dia mais chato da semana. Entendo que assim o seja. Afinal gasta-se tanta energia nos outros dias, por isso é natural que o domingo seja um dia destinado ao descanso. Mas em vez de descanso as pessoas passam o domingo profundamente entediadas e não querem outra coisa que a chegada logo da segunda-feira pra começar tudo de novo.

Até que meu domingo não foi dos mais destituídos. Depois do café da manhã peguei o *Sunday Times* e andando atravessei a ponte sobre o Tâmisa e fui estirar-me ao sol na grama do Battersea. O Battersea é um dos meus parques favoritos porque, além de ficar perto de onde moro, é um parque simples, freqüentado pela classe média baixa e pelo proletariado das redondezas. Sem contar que no passado foi um parque muito freqüentado por William Blake, que morava por ali. É um parque com espírito.

Dos jornais eu só gosto das páginas de arte e lazer. Tenho o hábito de atirar fora os primeiros cadernos e ir direto nas amenidades. Folheando o caderno *Arts & Leisures* do *Sunday Times* vejo, em destaque, duas fotos de Sonia Stevens, uma ao lado da outra. Uma das fotos mostra *miss* Stevens antes da plástica no queixo; a outra foto é de depois, com um rosto mais redondinho. Em ambas La Stevens está ela mesma, mas reconheço-a mais feliz na foto batida algumas semanas depois da plástica. No texto Sonia Stevens diz:

"Antes diziam que eu era um misto de Lynn Redgrave com Sheila Hancock. Não que essa comparação me ofendesse. Adoro as duas e sou até muito amiga da Sheila, mas reconheço que ser tratada como um misto de duas mulheres tão diferentes não me deixava muito à vontade. Agora, depois da plástica, sei que se tiver que ser comparada a outra mulher serei comparada à mulher que fui e estou certa de que todos vão achar que hoje estou muito melhor. Agora, sim, estou me sentindo eu mesma. Devo esta mudança a Diana Dors, que me incentivou à cirurgia. Sempre ouvi dizer que não se deve fazer plástica porque o bisturi tira a essência. Bobagem. Às vezes a pessoa tem uma cara que não condiz com a essência. Depois da plástica me sinto completa, de cara e essência".

CAPÍTULO 6

Ilha de Wight

Devia ser umas duas horas da tarde quando José e eu deixamos nosso quarto e fomos, de mochila e saco de dormir nas costas, tentar a estrada. Era a última segunda-feira de agosto. Londres estava toda colorida de *hippies*, centenas, milhares deles, todos indo na mesma direção, como se chamados pela flauta mágica de algum *Pied Piper* invisível, rumo à Ilha de Wight. Nem era preciso consultar o mapa da estrada ou pedir informações. Bastava seguir a multidão de andarilhos. Estávamos todos indo para aquele que vinha sendo anunciado como o último dos grandes festivais. Jimi Hendrix, The Who, Jim Morrison & The Doors, Donovan, Jethro Tull, Miles Davis, Ten Years After, Joan Baez e muitos outros iam se apresentar no palco. Músicos e músicas para todos os gostos e a vibração de milhares de pessoas ligadas.

Já na subúrbia conseguimos carona na camioneta de um cara boa-praça. Na boléia, além dele, tinha um *hippie* que vinha da Escócia. Nos apertamos os quatro, ali. Quando o motorista nos deixou, logo depois de Guildford, já era noite e o lugar dava a impressão de ser um bosque. Entramos nele, procuramos uma relva onde deixar nossas coisas e saímos catando gravetos e galhos secos para uma pequena fogueira, pois a noite estava friazinha. Nem chegamos a trocar idéias ao redor da fogueira porque mal acendeu o fogo, Blackie, o escocês, disse num tom de voz de quem estava realmente exausto:

– Estou nocauteado, homem.

Blackie foi arrebatado pelos braços de Morfeu quase mesmo antes de ter-se enfiado no seu saco de dormir. José Vicente, como que pegando carona, também caiu no sono. Fiquei acordado, esperando que o deus do sono também me arrebatasse, quando, repentinamente, vi cinco faróis avançando em nossa direção. Quando estavam próximos – e graças às chamas da fogueira – reconheci cinco policiais, sendo um deles mulher. Acompanhavam-nos dois cães (também policiais). Acordei Blackie e Zé Vicente. Um dos guardas pediu nossos documentos, alegando que aquela era uma propriedade privada e que, se quiséssemos dormir, teríamos que caminhar mais cinco milhas até o lugar onde era permitido acampar. Blackie fez uma cara de profundo desgosto. E não era para menos, o coitadinho vinha caminhando desde a Escócia, entre uma carona e outra. Blackie e José entregaram seus documentos ao guarda enquanto justifiquei-me assim:

– Sinto muito, mas não trouxe meus documentos. Sou muito desligado e acabo sempre perdendo os documentos quando os carrego comigo.

– Qual é a sua profissão? – perguntou o guarda.

Ainda que naquele instante me sentisse muito poético, não ficava bem responder "sou poeta". Todos se sentiriam constrangidos. Para mim, então, seria muito embaraçoso. Depois de meditar um certo tempo à procura de uma profissão, respondi: – Sou jornalista, sou brasileiro. (Ainda assim me senti constrangido.)

– Você vai escrever sobre o festival? – quis saber o guarda.

– Não necessariamente, mas... quem sabe... – respondi, vagamente. O policial ordenou que esvaziássemos nossas mochilas, no que foi imediatamente obedecido. Com os faróis apontados e os dois cães farejando, dois dos guardas procuraram drogas, ou qualquer outra coisa suspeita, entre roupas e coisas espalhadas na relva. Um dos guardas encontrou uma latinha – dessas de guardar rapé – entre as coisas de Blackie. Abriu-a. De onde eu estava consegui ver: continha um pó verde-musgo. O guarda levou-o às narinas e cheirou. Instantaneamente foi acometido por um acesso de espirros. Era rapé!

A polícia inglesa, por pequenos incidentes, como esse, que me aproximaram dela, sempre me pareceu bem-humorada. Até nas suas pequenas vinganças: o policial que cheirou o rapé ordenou, frio e direto, que Blackie apagasse a fogueira com o líquido contido numa garrafa de plástico incolor que se achava entre seus pertences. Pela cor do líquido dava a impressão de ser suco de laranja. Blackie obedeceu passivamente e despejou a laranjada, apagando parcialmente o fogo. Flagrando o meu espanto, o mesmo policial que perguntara sobre minha profissão disse, com a típica arrogância chique:

– Espero que você não escreva falando mal da polícia britânica, no seu jornal.

E foram embora, enquanto ouvíamos, ao longe, um e outro atchim! quebrando o silêncio da noite. José e eu ríamos, mas Blackie não estava achando nada engraçado. Catamos nossas coisas, refizemos nossas mochilas e andamos as cinco milhas numa estrada escura, noite sem lua, neblina cerrada. A partir de certa altura devo ter ido dormindo em pé, porque, subitamente, fui acordado por Blackie no lugar onde era permitido acampar. Não dava para distinguir, mas, até onde eu conseguia enxergar, parecia que tinha bastante gente acampada ali. Estirei meu saco de dormir em qualquer espaço e me apaguei. Despertado pela passarada na manhã seguinte, percebi que tinha dormido sob uma macieira carregada de maçãs. Apanhamos algumas e voltamos à estrada. Nos deu carona um homem que morava em Portsmouth. Disse que não ia ao festival porque não curtia *pop music*, preferindo o gênero *country*. Quando nos deixou, em Portsmouth, corremos e ainda alcançamos o *ferryboat* para a Ilha de Wight.

A balsa era grande e transportava uns duzentos *hippies* e outros membros da confraria alternativa. Meu coração – como as gaivotas escandalosas – experimentava um grande contentamento: *eu era um deles!* Fazíamos todos parte da legenda. Estávamos na rota da celebração mágica.

Chegamos ao local do festival, nos fundos de uma vasta fazenda, meio-dia passado. O sol era de se tirar a camisa. Uma pequena multidão dava a impressão de estar rapidamente construindo uma nova cidade. Todos empenhados no trabalho, como naqueles filmes sobre imigrantes europeus na terra prometida, do outro lado do Atlântico. Havia muitas barracas armadas e muitas outras sendo levantadas. Ouvia-se o som de mil martelos, serras, serrotes, latas, zincos; aqui, arrancando galhos de arbustos, grupos improvisando sebes ao redor de suas barracas; ali, bandos de faca na mão, cortando mais galhos e inventando cabanas dentro dos próprios arbustos, grandes e espessos; passamos por uma autêntica alameda de choupanas feitas dentro de arbustos mais ou menos alinhados. Na entrada dessa alameda via-se uma tabuleta improvisada, à guisa de placa de rua: *Desolation Row,* com tinta forte, uma referência a Bob Dylan, que se apresentara no festival do ano passado.

Blackie ia tentar encontrar seus amigos escoceses. Tchau. Zé e eu subimos um morro ligeiramente íngreme. Nele também os arbustos abundavam em moradias improvisadas. Ali também uma placa indicava o nome do "bairro": *Devastation Hill.* José e eu decidimos transformar um dos arbustos em cabana. Mas, ai de nós, só tínhamos um mero canivete (do Zé). A meio caminho do topo desse morro podia-se avistar tudo. Destacava-se ao longe, lá embaixo, o imenso palco onde as estrelas iam se apresentar. Ainda não estava pronto – era terça-feira e as estrelas só iam aparecer nos três últimos dias (sexta, sábado e domingo) –, mas estava cheio de homens edificando-o. Em volta do palco e de toda uma grande área, construía-se um muro alto, de zinco. Seriam necessários bilhetes para se entrar naquela área, nos três dias principais. José e eu já havíamos comprado os nossos, em Londres. Mas ali do morro onde estávamos agora, percebíamos que era possível assistir a todo o festival e tudo que estivesse acontecendo, tanto dentro quanto fora do muro de zinco. Acolá, barracas pequenas e modestas e *hippies* dormindo ao sol do pós-meio-dia. Mais adiante, um "bairro" de tendas ricas – cada uma delas talvez com dois, três ou mais compartimentos – avarandadas, com franjas e babados no topo. Nesse "bairro" quase todas as tendas tinham seus luxos cercados por sebes altíssimas, feitas de arbustos e mais arbustos, muitos deles literalmente arrancados do chão. Era interessante constatar a existência das diferenças de classe, até mesmo na sociedade alternativa. E arrancar arbustos assim, não era nada ecológico! Enfim...

Avistávamos, agora, um outro "bairro" bastante peculiar. Pela variedade de cores, de formas – e por tudo que sugeria – dava a impressão de ser um "bairro" classe-média com destaque para o estilo novo-rico. E – oh! – num canto desse "bairro", junto a uma cerca que separava a área do festival de um campo de ervilhas, uma enorme bandeira do Brasil desfraldada ao vento, presa num mastro sobre uma das duas grandes barracas brancas que eu já conhecia de outros festivais: eram as tendas dos irmãos Prado, onde todos os nossos conhecidos tinham marcado encontro. José e eu desistimos de fazer a nossa cabana no arbusto e descemos o morro em direção às tendas da bandeira. A mesma bandeira que estivera desfraldada no mastro em Wembley-1966 e que ultimamente cobria o colchão de Sérgio e Marilyn. Que bandeira!

Chegamos e encontramos quase todo mundo. E os que ainda não tinham chegado deviam estar chegando. Deixamos nossas coisas dentro de uma das tendas, arregaçamos as mangas e fomos ajudar o pessoal que estava indo buscar água para o chá e lenha para a fogueira.

Buscar água na área das bicas era um pretexto para não ficar sem fazer nada – já que todo mundo estava fazendo alguma coisa – e ainda passear entre barracas e pessoas. O festival dava a impressão de muito bem organizado. Havia até a área dos sanitários, privadas com o assento de tábua mas, chocante!, sem portas, e uma ao lado da outra. Podia-se ver os que cagavam. Achei pirante, mas entendi que talvez fosse uma jogada de liberação, pra que as pessoas perdessem a antiga inibição e o tradicional recato que cercam essas necessidades fisiológicas.

Na volta, com os caldeirões cheios d'água, passamos pela área das barracas-bares e restaurantes: nelas vendiam-se desde Coca-Cola e cachorro-quente a comidas macrobióticas e vegetarianas. Barracas de comida *soul,* de massas italianas, de cozinha chinesa e indiana. E barracas de frituras deliciosas como filé de peixe, frango e batatas. Tortas de maçã, guloseimas, pipoca e algodão-doce...

Passamos pelas grandes tendas do Pronto-Socorro e da Polícia e passamos por outros detalhes que neles agora não convém entrar. E chegamos às nossas tendas com mil novidades para comentar.

No começo da noite ouvimos, vindo de longe, um coro de vozes cantando um refrão sem palavras mas de melodia otimista e facilmente assimilável. Fomos, em bando, seguindo as vozes e, de repente, avistamos uma espécie de procissão subindo o morro de tocha na mão. Entramos na procissão e as chamas iluminavam os rostos: à minha direita, uma jovem vestida de donzela antiga; à minha esquerda, um saudável sátiro. E por todos os lados, uma fada aqui, um duende ali, bruxas e alquimistas; figuras da mitologia, sei lá, escandinava: um deus louro de olhar selvagem e braços de lenhador. Faces orientais, sotaques italianos. "Te perdiste lo mejor", dizia uma garota espanhola à outra, a respeito de qualquer coisa inenarrável. Sotaques de rapazinhos de Eton, imaginei, ouvindo vozes distintas. À luz andante das tochas, a procissão ziguezagueava morro acima e abaixo, sem rumo ou meta definidos, cantando o refrão, enquanto a noite se permitia criança e a gente também.

Na noite do dia seguinte, numa das duas barracas, Gilberto Gil e um grupo improvisavam um som do qual todos podiam participar, quem quisesse. Bastava ter um instrumento à mão, qualquer que fosse, do violão ao bongô, ou então se deixar afinar via cordas vocais soltando *be-bops.* Cláudio Prado gravou a *jam* e em seguida foi à organização do festival, onde mostrou a fita e contou que se tratava de músicos bem conhecidos no Brasil (Gil e Caetano) e de outros artistas e intelectuais brasileiros exilados na Inglaterra, e que o grupo gostaria de dar uma canja para o público. A organização do festival achou o som interessante e ofereceu a abertura da quinta-feira para o nosso grupo. Na quarta e na quinta-feira apresentavam-se, de graça, grupos novos, conscientes de que aquela era uma boa chance pra que o público tomasse conhecimento deles. Era, de certa forma (ainda que inusitada), o nosso caso.

Na manhã de quinta-feira, por volta das onze horas, Cláudio Prado convocou o grupo que ia aparecer no palco – umas 25 pessoas – e fomos todos para os bastidores. Quando Riki Farr, o apresentador, anunciou a entrada do grupo brasileiro no palco, o público – que nessa tarde já somava umas 200 mil pessoas – nos recebeu com simpatia. É claro que no nosso grupo havia gente de muitos países: David Linger e Marilyn, por exemplo, eram americanos; Nigel, Nik Turner (do *Hawkwind),* Carol e Caroline Viesnik, eram alguns dos ingleses; Bruno, suíço; Pompom, belga; Gert Volkmer, alemão; Mercedes Robirosa, argentina; Martine Barrat, francesa; e outros que agora não me lembro mas sei que vinham de Portugal (como a exótica Lodo, por exemplo), do Uruguai (Naná Sayanes), de Angola, da Venezuela, etc. Mas fomos apresentados como o Grupo Brasileiro, porque a idéia partira de Cláudio Prado e a locomotiva do show era Gilberto Gil. O *chic-a-boom*, enfim, era brasileiro. Caetano Veloso, num lance político-conceitual, pendurou a nossa bandeira *(aquela* bandeira!) na frente do palco, com o "Ordem e Progresso" de ponta pra baixo, arrancando aplausos calorosos da ala anarquista do público. Mas... efeito visual ainda maior causou a fantasia criada por Martine Barrat, um indescritível traje vermelho-hemorragia, de plástico, um traje cheio de pernas e braços, dentro do qual cabiam doze pessoas. A fantasia de Martine lembrava, quando seus doze ocupantes entraram no palco, uma centopéia de teatro infantil; grandona e desengonçada. Mais aplausos da platéia. Gil (com a guitarra) deu o sinal de partida e nós fomos com a cara e a coragem no acompanhamento. David na flauta transversa e Nik Turner no sax; Gustavo da "Bolha" nos atabaques; Nigel e Marcos do Meyer nos bongôs; Bruno, o suíço, no baixo; Caetano no violão; Mercedes Robirosa – alta, magra e manequim – dançava e dava um toque *Vogue* ao evento, com seus braços longilíneos e ondulantes, e longos e anelados e perfumados cabelos ao vento. Gal Costa, que tinha vindo do Brasil para o festival, tocava um reco-reco. E eu, outro. Algumas pessoas viajavam de ácido. Eu, por exemplo. José Vicente, com o rosto banhado de lágrimas emocionadas, perguntava:

– Por que o Zé Celso não está aqui?

Porque aquele era realmente um espetáculo que José Celso Martinez Correa, do Teatro Oficina, assinaria a direção.

Gil cantou em português, inglês, africano e numa língua bebopada que inventava na hora e que aprendíamos no ato, acompanhando-o. Martine Barrat deve ter dado algum sinal, porque, de repente, de dentro da centopéia vermelho-hemorragia saíram doze corpos femininos e masculinos, nus e adolescentes (exceto o corpo nu da própria Martine, que já entrava na casa dos quarenta). Mais aplausos da platéia. Daí Caetano cantou "London London" em inglês para um público atento que prestou atenção na letra. O show brasileiro durou perto de quarenta minutos e terminou com Gil – e toda a sua empatia – cantando "Aquele Abraço". No palco, muita gente chorou de emoção e a platéia, mesmo não entendendo a letra, sentiu a brasiliança do grupo e aplaudiu de pé, pedindo *mais, mais, mais!*

Nos bastidores, os descobridores de talentos assediavam Cláudio Prado. Os homens da CBS estavam eufóricos para contratar todo o grupo. Mas Guilherme Araújo chegou de Londres para dar um *não definitivo*. Sendo empresário de Gil e Caetano, Guilherme achava que seus contratados deviam continuar suas carreiras individuais, sem amadoradas. E não se tocou mais no assunto.

E assim os dias do festival transcorriam alegremente, com um evento atrás do outro. Na sexta-feira, o primeiro dos três dias oficiais, eram poucos os grupos realmente interessantes. Joni Mitchell chorou ao microfone porque um fã ardoroso subiu ao palco e tentou agarrá-la, deixando *miss* Joni apavorada. No sábado, na abertura, Riki Farr anunciava a presença de 600 mil pessoas. A figura estranha e deliciosamente ridícula de Tiny Tim, cantando canções alegres do tempo do *vaudeville,* com seu jeito assustado de *mezzo-soprano* que acaba de sentir um camundongo subindo em suas pernas sob as vestes de... As crianças estavam adorando Mr. Tim. Ele cantava "Tip-toe thru the tulips" e a meninada fazia coro. Gert Volkmer, ao meu ouvido, dizia: – Tiny Tim é uma mistura de Charles Chaplin com Frank Zappa.

Depois do show Tiny Tim entrou num balão como aquele de *A volta ao mundo em oitenta dias* e sumiu no céu, deixando encantado o festival inteiro. Nessa mesma tarde apresentou-se, também, Miles Davis. Davis tocou apenas um número de trinta minutos, um jazz meio fusão que a garotada não recebeu com tanto entusiasmo quanto o rock do *Ten Years After,* o grupo anunciado a seguir. É certo que a posteridade dará maior importância a Miles Davis, mas, naquele instante histórico, pelo menos 550 mil das 600 mil pessoas presentes vibravam mais com a guitarra de Alvin Lee do que com o sopro de Mr. Davis. Enquanto o *Ten Years After* se apresentava no palco, baseados de haxixe rolavam fraternalmente pela multidão. Depois veio o trio *Emerson, Lake & Palmer* executando um rock progressivo reforçado por tiros de canhão disparados do palco e quase matando todo mundo de susto. Mas o coração de muita gente bateu mais forte quando foi anunciada a entrada do grupo *The Doors,* de Los Angeles, com o enigmático Jim Morrison, uma lenda-vida no seu próprio tempo. Mas Jim entrou no palco como quem não tá nem aí com o carisma: inchado e barbudo, bebendo *bourbon* na garrafa, entre um número e outro, cantando como se já não acreditasse mais no próprio repertório. Mas... vamos sair daqui, vamos lá pra trás, onde estão os sanitários encostados no muro de zinco que, se Jim tirou o pau pra fora e mijou no palco, eu estou quase mijando nas calças e no meio da multidão. Depressa mas... cuidado! Cuidado pra não pisar nos milhares de pessoas – deitadas, agachadas, sentadas e acotoveladas umas às outras, na relva, nesse começo de noite, com o sol morrendo nos confins de mais um dia. Ufa! Chegamos. Pronto, mijei. E daqui, de longe, avisto o palco, mas nele não destaco Jim Morrison, apenas figuras longínquas e indistintas. Mas... olha! No céu! Três grandes balões de ar sustentando uma gigantesca fotografia de Jim, impressa em pano, tremeluzindo ao vento! A mesma foto tirada três anos antes do festival, mostrando-o na plenitude de sua decantada beleza de anjo soturno. Jim, em sua foto clássica...

Os *Doors* deixaram o palco sem muitos aplausos. O retrato de Jim continuou ao vento até que a noite o apagou de vez. Meu amigo Gert Volkmer comentou: – Jim Morrison não esteve num de seus melhores dias.

Mas todos se sentiram revitalizados por uma carga de altas energias quando ouviram o nome do próximo grupo a se apresentar: THE WHO. E Pete Townshend não deixou de destruir sua guitarra. Era a nossa penúltima noite de festival. Não existe muita diferença entre dormir num quarto e dormir sobre a relva amassada dentro de uma tenda apinhada de gente, umas vinte e tantas pessoas, enfiadas em seus sacos de dormir. A única diferença, se é que existe uma (tirante o conforto de um quarto), é o excesso de calor humano. Gente respirando, arfando, espirrando quando resfriada, tossindo, roncando, peidando, sonhando, dizendo coisas engraçadas, outras mais espaçosas, encolhidas ou apertadas, até todos dormirem e acordarem no dia seguinte. Alguns casais trouxeram sacos duplos e faziam amor dentro deles (muitas crianças foram geradas nesse festival). Ouviam-se os gemidos, os suspiros e até os orgasmos de alguns deles. Aconteceu que um dos rapazes – casado, mas a mulher ficara em Londres – entrou na vaga do saco duplo de uma solitária mulher-fatal e todos, dentro da barraca, ouviram, no escuro, a cena tórrida dos dois. Quando me levantei, na manhã seguinte, a coisa estava tensa do lado de fora das duas barracas. Uma parenta da mulher traída dizia, pra quem quisesse e não quisesse ouvir, em tom definitivo, a respeito da mulher-fatal:

– Na minha casa ela não entra mais.

Foi o vislumbre de um possível e maravilhoso show de lavadeira. Era a manhã do último dia do festival. O dia estava pra lá de ótimo e fomos todos para a praia. Caetano fez charme que não queria ir mas todos se empenharam e ele acabou indo. Quando chegamos ao pico da montanha ele deitou na relva coberta de flores silvestres e achou tudo maravilhoso. E descemos, quase rolando, pelo outro lado da montanha (na verdade apenas um morro) até o vale, e correndo alcançamos os rochedos e a praia cheia de seixos roliços. Lá já estavam centenas de pessoas nuas. Nosso grupo também despiu-se inteiramente: Helena Ignez e Rogério Sganzerla, Gal Costa, Gil, Sandra, Mercedes Robirosa, Caetano, José Vicente, Gert Volkmer e outros. Encantava-me, particularmente, a presença de um grupo de *Hell's Angels* autênticos. Selvagens na aparência, barbudos e tatuados, com braços de estivadores e barrigas de muitas cervejas, *nus!,* num canto da praia com suas mulheres. Ninguém ousava chegar muito perto deles, por causa da má fama que tinham. Mas Helena, Gert e eu fomos e passamos no meio deles, que nos lançaram olhares tão compreensivos que nos sentimos umas crianças.

Fazia uma semana que eu não tomava banho. Aproveitei uma cascata onde muitos nudistas se banhavam. Alguém cedeu-me um sabonete. Mães, crianças, pais, amigos, namoradas, a maioria fazia quase uma semana que não se banhava. E todos sabemos a sensação que é um banho depois de tantos dias só lavando o rosto...

Ainda estávamos na praia quando Rogério me perguntou:

– Você vai escrever sobre o festival para o *Pasquim*?

– Acho que sim, se conseguir lembrar de alguma coisa depois – respondi.

– Então escreve sobre a organização fascista do festival – aconselhou Rogério.

É claro que Rogério tinha a sua razão, mas... escrever sobre o fascismo do festival? Nem pensar. Mesmo porque, com aquele sol, aqueles seixos, com aquela cascata de águas límpidas, depois daquele banho, o sabonete, e mais a brisa e as gaivotas e as rochas batidas pelas ondas e toda aquela gente bonita a seu modo, nuas e liberadas, sem falar das nuanças rosadas e douradas de algumas nuvens espraiadas no céu e tudo mais... E depois de deixarmos a praia e de escalarmos os penhascos e de já estarmos pisando de novo a relva do vale, um olmo aqui, um carvalho ali, e cruzando com alguns habitantes desse recôndito tranqüilo da Ilha de Wight, eles, passeando numa boa – como já passeavam antes e certamente continuarão passeando depois do festival, não só nas tardes domingueiras mas em todos os bons fins de tarde da semana inteira – casais felizes, idade avançada, naturalmente aposentados da rotina burocrática, gozando agora das delícias sutis da Eternidade, casais voltando aos seus bangalôs e aos adoráveis chás em salas com vidraças limpas descortinadas para toda aquela paisagem da mais pura e típica beleza inglesa, NÃO. Não MESMO. Não era eu a pessoa indicada para escrever para o Pasquim sobre "a organização fascista do festival".

Chegamos ao topo do morro. Do outro lado o festival continuava. Crianças sopravam bolhas de sabão ou corriam, subindo e descendo, entre arbustos e barracas. Garotas lindas de pernas bem-torneadas passavam em bandos, ninfas modernas de lábios pintados forte. No ar um rastro de aroma doce de violeta. Garotos atirando aviõezinhos de papel. Foi então que do alto do morro a bela Helena, com o rosto cheio de serenidade, avistando o palco e tudo em volta, disse, como quem sem querer constata e profetiza:

– Já houve o tempo do teatro e dos atores, da literatura e dos escritores, do cinema e dos cineastas. Agora é o tempo dos *pop stars*.

No palco Donovan tinha acabado de se despedir do público enquanto o apresentador anunciava a próxima atração: *Jethro Tull,* com o extravagante Ian Anderson e sua flauta de Pã. A noite ainda não tinha caído, mas o palco já se mostrava feericamente iluminado.

Helena sorriu e eu pensei: – Como este mundo é pequeno, louco, absurdo, mágico. Estou aqui, no alto dum morro na Ilha de Wight, ao lado de Helena Ignez!

Descemos o morro ao som da música do *Tull.* A seguir – e pra quem quisesse – tinha os *Everly Brothers* e o rock-caipira anos 1950 que tanto influenciara os Beatles. E depois, Joan Baez com suas passadas e repassadas canções de protesto. E outros grupos, estrelas de grandezas maiores e menores, como o Sol, que já tinha se posto e que, apesar de classificado como uma estrela de *quinta,* é a que milagrosamente nos mantém vivos. O festival chegava ao fim. Muita gente já tinha ido embora – José Vicente e Gert Volkmer, por exemplo – e ainda faltava se apresentar aquele que, para muitos, era a maior atração do festival: Jimi Hendrix. O muro de zinco fora finalmente posto abaixo graças à iniciativa dos neo-anarquistas franceses presentes. O festival agora não tinha mais barreiras separando os de dentro dos de fora. Era livre, para todos. Caíra o tal fascismo. Os sanitários encontravam-se incagáveis e a área das bicas era um lamaçal só. O panorama mostrava uma desolação de fim de festa. Todos estavam perto do palco assistindo à performance de Jimi. Menos Ana e eu. Fomos catar ervilhas no campo, para uma sopa. De onde estávamos ouvia-se nitidamente a guitarra de Jimi, como se ele tocasse só para a Ana.

E assim terminou o festival. O último dos grandes festivais, garantiam os que estavam por dentro do que ia acontecer na década. Era manhã de segunda-feira. O dia estava quente, tiramos a camisa e fomos pegar a estrada que levava a Ryde, a cidade de onde se pegava o *ferryboat* para Portsmouth. Milhares de pessoas com mochilas e petrechos nas costas, fazendo *footing* ou na fila esperando os ônibus. Automóveis e mais automóveis de gente indo embora. A pé ou de carro, ou esperando o ônibus, umas pessoas pareciam, evidentemente, mais felizes que outras. Duas ou três, aqui e ali, concordavam que Jimi Hendrix também não estivera num de seus melhores dias.

Gaguinho e eu íamos pedindo um *shilling* aqui e outro ali, porque estávamos sem vintém para chegar a Londres. E assim chegamos a Ryde, contando já com uma razoável quantia de *shillings*. Mas ainda faltava outro tanto para pagar a passagem do *ferryboat*. No centro efervescente de Ryde avistamos, destacada na multidão, uma figura magnífica. Aparentando uns sessenta anos, físico e rosto fortes, barbas prateadas e luzidias, olhos de um azul-marinho. Gaguinho, sorrindo, lhe pediu um *shilling*. O homem chamou-nos a um bar onde nos comprou sanduíche e chá. Capitão Tommy era seu nome. Depois do lanche ele nos levou a conhecer sua casa, um sobradinho antigo. Parte da parede e do muro eram cobertos de hera e, na frente, um gracioso e rústico jardim. Descemos uma escada de cinco degraus e o capitão abriu a porta da sala, que ficava a meio-porão e era iluminada pela luz natural que atravessava parte das vidraças. Capitão Tommy apontou-nos sofás e poltronas, deixou-nos à vontade e foi para a cozinha nos preparar uma sopa. Enquanto do sofá Gaguinho curtia a *kitscherie,* lembranças de outras terras e outros portos, eu, nesse ambiente agradável, pensava: um lar na Ilha de Wight! Se eu fosse o capitão Tommy, sentiria a falta de um cão. Ele entrou, com a sopa. Enquanto Gaguinho e eu a degustávamos, o capitão nos contava sua vida, suas experiências como piloto de Sua Majestade na Segunda Guerra e, posteriormente, sua vida no mar. Contou-nos que conhecia bem o Atlântico Sul e que fazia dez anos que seu barco, de nome *Cathleen,* naufragara perto das águas uruguaias. Mas a tripulação toda se salvara. Depois o capitão encheu seu cachimbo com um tabaco cheiroso. Eu estava louco de vontade de fumar. O capitão percebeu. Apontou-me um maço de *Number* 6 sobre uma cantoneira e disse:

– Alguém esqueceu aqui, pode ficar com ele.

Tirei um cigarro e guardei o maço no bolso. Acendi-o. Sentei-me no sofá e perguntei:

– O capitão não sente falta de um *dog*?

O lobo-do-mar sorriu, deu uma longa tragada no cachimbo, soltou uma dúzia de anéis de fumaça e respondeu:

– Oh, eu sou muito bem casado! Minha mulher é árabe, vocês sabem. As árabes são ótimas esposas. São as mais fiéis, em todos os sentidos. Heyfa foi a Londres visitar familiares e voltará mais à noitinha...

Quando o dia já ia adiantado, capitão Tommy se lembrou que era tempo de escrever seu endereço em dois pedaços de papel: um pro Gaguinho e outro pra mim. Deu uma libra a cada um, para pegarmos a balsa até Portsmouth, de onde podíamos pedir carona até Londres. Já íamos saindo quando ele se lembrou do quintal. Levou-nos lá pra que enchêssemos nossas mochilas com maçãs maduras de sua macieira carregada. Depois, já no portão do jardim, ele nos perguntou:

– Vocês são católicos?

– Sim.

– Então esperem um momento. – Ele entrou em casa e voltou trazendo uma imagem de cerâmica da Nossa Senhora pintada em cores vivas. – É para proteger vocês. Embora eu seja irlandês e presbiteriano, gosto muito da Rainha e dos católicos. (sic) Vão com Deus. E quando vocês quiserem fazer um passeio de barco até o alto-mar, escrevam, avisando com certa antecedência, para eu preparar uma boa viagem. Apesar de aposentado continuo na ativa e na pesca. Tenho um bom barco e costumo ir longe nele. *Bye-bye lovelies* – disse ele, dando-nos uma piscadela e acenando a mão.

E assim deixamos o adorável e generoso lobo-do-mar. Era o nosso adeus à Ilha de Wight. O *ferryboat,* superlotado, seguia seu destino e ia deixando para trás um rastro de águas borbulhantes. E eu, vendo a ilha se afastando, pensava (talvez em voz alta): – Como seria bom sair com o capitão Tommy até o alto-mar e aprender com ele a ser pescador, marinheiro. Nem que por um dia, nem que por um peixe...

O vento brusco arrancou do mar uma mancheia d'água e jogou na minha cara, despertando-me de meu sonho acordado. Depois do susto suspirei prazerosamente, lambi a água salgada em volta dos lábios e notei que Gaguinho também estava de rosto molhado. Gaguinho ergueu a imagem de Nossa Senhora e exclamou, com fé e alegria:

– Valeu!

CAPÍTULO 7

Diário íntimo

2 de setembro: A verdade é que nada se compara a estar de volta ao lar, ainda que esse lar seja um quarto alugado. Mas mesmo este conforto vai durar pouco: logo vamos ter que deixá-lo. *Miss* Stevens deu-nos um mês, no máximo. Sonia estava bem brava quando falou comigo ontem à tarde: – Não quero esta casa transformada em albergue *hippie*!

Tudo porque José Vicente e Gert, quando voltaram de Wight, trouxeram com eles umas dez pessoas que tiveram que passar uma noite em Londres a caminho de suas casas no continente. Para Sonia Stevens foi a gota d'água.

5 de setembro: Gert hospeda-se conosco antes de voltar à Alemanha. Ele passa os dias com canetas hidrográficas e papel fazendo uma pintura pra me deixar de recordação. José e eu estamos trocando idéias sobre uma peça teatral que pensamos escrever inspirada no festival de Wight e na nossa turma.

9 de setembro: A pintura que Gert fez é uma paisagem da Ilha de Wight, nela aparecendo um *cottage* tendo no portão uma placa com o meu nome. Ele terminou o desenho anteontem, pouco antes de sua partida. Foi triste, pois estávamos apegados a ele e ele a nós, e tão cedo a gente não vai se ver. Agora ele está de volta à vida de rapaz-família confinado no interior da Alemanha. Acredito que um dia ele também deixe a casa dos pais e saia pro mundo. Combinamos manter correspondência.

10 de setembro: José e eu continuamos firmes na peça. Hoje sentamo-nos à mesa e datilografei a parte já esboçada.

O maior problema tem sido a impossibilidade da gente se concentrar no trabalho, porque o dia inteiro é gente nos visitando, nos dispersando, cortando o nosso barato de escrever.

15 de setembro: No jornal *Rolling Stone,* americano, que chegou hoje em Londres, saiu uma grande matéria sobre o Festival de Wight. A matéria fala mal de todo mundo e diz que a única novidade de todo o festival foi a aparição do grupo brasileiro, destacando Caetano e Gil e contando da "graça ingênua e tímida" dos que saíram nus de dentro da centopéia vermelho-hemorragia inventada pela Martine. O jornal diz que os jovens ficaram com vergonha por estarem nus e rapidinho viraram as costas para o público.

16 de setembro: Ezequiel Neves – o crítico pop – chegou do Brasil. Está hospedado no *bed-sit* de Rodrigo Santiago, em South Kensington, onde fomos visitá-lo. Rodrigo, que também estava fora, na Itália, voltou a Londres para mais uma rodada. Ezequiel me trouxe de presente, para matar a saudade do Brasil, um bombom *Sonho de Valsa* no seu característico e nostálgico celofane vermelho com a figura do casalzinho dançando. Abracei-o, exclamando: – Oh Zeca, que presente delicioso! *Sonho de Valsa*! Só mesmo você!

Ezequiel fez *tongue-in-cheek,* riu e insinuou: – Você vai achar esse *Sonho de Valsa* o mais explosivo de toda a sua vida!

Lógico que eu não estava pensando em desembrulhar o meu bombom ali, na frente de Ezequiel, do Rodrigo e do José Vicente. Todos iam querer um pedacinho e o *Sonho de Valsa* era um só. Mas acabei não resistindo e abri. Em vez do tradicional bombom, o celofane trazia um punhado da mais explosiva maconha do Maranhão! Foi um presentão. Abracei Ezequiel com sofreguidão e enrolei um baseadão ali mesmo. E saímos pra rua, os quatro, piradíssimos. Rodrigo foi mostrar Londres ao Zeca enquanto José e eu voltamos ao nosso quarto e à peça.

17 de setembro: Hoje chegou um postal de Gert, uma vista aérea de sua cidadezinha nos cafundós da Alemanha. Ele conta que já voltou às aulas e que se sente bastante deslocado por saber mais da vida que seus colegas de classe.

Amanhã é sábado. Domingo vamos ver Rod Stewart no *Lyceum*. Hoje não trabalhamos muito na peça. José diz que sou muito dispersivo, mas reparei que sou sempre eu quem o chama ao trabalho. Depois de fumarmos um charo com a excelente erva que Ezequiel me trouxe, escrevemos um número para o personagem inspirado na Mercedes Robirosa: Ela entra, vestida bem 1939, ombros largos com enchimentos botando-a pra cima, num vestido longo de cetim negro salpicado de vidrilhos ofuscantes formando desenhos *déco*. Na cabeça, um meio-turbante do mesmo material. Nos pés, salto estileto. Na mão esquerda, entre os dedos de longas unhas falsas pintadas de vermelho-enegrecido, uma longa piteira cravejada. Na mão direita, ela segura uma taça de champanhe finíssima, da qual sai fumaça de gelo-seco em tons fluorescentes. Mercedes atravessa o palco, pára num canto e, à sombra duma palmeira magicamente surgida no cenário, à brisa, e à guisa de, ela canta ao microfone de pedestal um tango *foxy* espanholado ritmado às vezes por castanholas em surdina... Sua própria saga:

> – Meu nome é Luna do Val
> e eu sou a *femme* fatal
> da Terceira Mundial.
> Nasci em Chatanuga
> fui criada em Sepetiba
> e pirada em Bagdá.
> Tico-tico no fubá.
> Minha tia foi Miss Java
> e meu pai bombardeava
> o espaço sideral
> nos céus de Portugal
> na Segunda Mundial

> (o velho era general
> e acabou se dando mal).
> Mas eu, Luna do Val, sou diferente:
> se o passado me condena
> o presente me acena
> um futuro bem melhor
> porque sou chique e envolvente
> e só depois de bagunçar o *front*
> é que vou me entregar
> à CIA ou arrasa
> ou à prata lá de casa
> só pra ver no que vai dar.
> Tico-tico no fubá
> (breque e *black-out*).

José admitiu que minha letra serve como esboço mas que tá muito tatibitati e precisa ser muito trabalhada, inclusive nas rimas, antes da gente ter coragem de entregá-la ao Caetano para musicá-la. José disse que a letra está pouco política, já que inventamos que na peça a personagem de Mercedes é uma espiã. Admito que José tenha razão. É preciso descobrir o que acontece com a personagem depois de terminado o número. É preciso imaginar se o resto do elenco e a platéia não se sentirão constrangidos com o tango de Mercedes. José acha que não devíamos ter fumado de uma só vez toda a maconha do Maranhão que o Ezequiel nos trouxe. – Duas ou três tragadas antes ou durante o trabalho podem até ajudar a criação, mas *overdose* estraga tudo – disse José, irritado.

19 de setembro: Aconteceu uma tragédia, Jimi Hendrix morreu aqui em Londres na madrugada de ontem pra hoje. O *Evening Standard* diz que a causa da morte foi inalação de vômito depois de uma intoxicação de barbitúricos. Jimi morreu no apartamento de uma moça chamada Monika Danneman. Fez um domingo muito frio hoje, o dia inteiro. Agora, então, que é meia-noite passada, está um gelo. Acabamos de chegar do centro. Fomos assistir a Rod Stewart no *Lyceum* e depois ficamos zanzando em Piccadilly. No show de Rod teve um minuto de silêncio em homenagem ao Jimi. Rod cantou com muito *feeling* e fez o público se levantar, bater palmas e dançar, durante "It's all over now", encerrando o show. O público pediu bis e Rod voltou para mais um número. Chorei muito e por muitas razões.

5 *de outubro:* Outra tragédia: Janis Joplin foi encontrada morta ontem, no quarto do hotel onde morava, em Hollywood. Há apenas 16 dias morria Jimi Hendrix e agora, Janis. Morta por *overdose* de heroína. Ainda bem que os nossos amigos aqui em Londres não estão nessa de heroína. Se bem que outro dia Helena Ignez disse, de passagem mas com certa tônica profética: – Cocaína será a próxima droga. Helena disse isso querendo dizer que, embora a heroína esteja longe do nosso meio, nele já se fala em cocaína, cita-se Freud como adepto e a Bolívia como a próxima viagem. Eu, por mim, estou muito bem com o haxixe e a maconha, com um ácido e uma mescalina lá uma vez e outra. Dizem que a cocaína afeta o septo nasal. Sempre achei que Juvenal estava certo quando preceituou "Mens sana in corpore sano". É nessa que me seguro.

José Vicente comprou o *The Times* e fomos discutir o andamento de nossa peça na grama do parque Battersea. Hoje fez um dia gostoso de sol e como dias assim estão rareando tratamos de aproveitá-lo. Afinal, estamos nos últimos desmaios do verão e o outono já começa a se impor. As pessoas no parque Battersea entregavam-se ao sol com uma dramática alegria. Encontramos dois amigos jardineiros, Lynn e Mark. Mark está no parque faz pouco tempo. Ele é mais moço e mais louro que Lynn. Sentados os quatro sob uma grande árvore de folhas avermelhadas, contei que Janis Joplin tinha morrido. Lynn mostrou-se sensibilizado mas não perdeu a serenidade de jardineiro. – Janis levava uma vida realmente selvagem –

disse Lynn, enquanto enfiava a mão no bolso da calça folgada pra pegar o haxixe. Fumamos um baseado em homenagem à Janis, ao sol e a nós, que continuamos vivos. Depois, Lynn e Mark levantaram-se e foram correndo pegar os aparadores de grama e trituraram duas latas vazias de Coca-Cola que se destacavam agredindo a estética do gramado.

14 de outubro: Quanto mais sério vai se tornando nosso trabalho na peça, menos tempo conseguimos para trabalhar nela. As solicitações mundanas multiplicam-se na medida em que o verão, agora, só pinta em lampejos, e o outono promete não deixar uma só folha nas árvores. Festas, filmes, teatro, palestras, shows, concertos, pessoas, modas, ruas, tudo isso é tão irresistível quanto dispersivo. Sem contar que já ultrapassamos o prazo estipulado por Sonia Stevens para deixarmos o quarto. José está em dúvida se muda pra outro quarto ou se muda logo de país. José pensa em Paris, pensa na Florinda Bolkan (sua amiga) e na Cinecittà. Quanto a mim, estou a zero e sem nada para receber do Brasil. Estou procurando emprego. Cheguei mesmo a ir procurar trabalho como ajudante do motorista de entregas na *Peter Jones*, uma loja de departamentos em Sloane Square. Passei no teste de boa índole mas *dancei* quando, na seção pessoal, me pediram o *work permit* (permissão de trabalhar na Inglaterra). Tive que dizer que não tinha. Ao menos restou o consolo de saber que se tivesse o tal do *work permit* estaria empregado. Lynn disse que pode me arranjar um biscate de catador de folhas caídas na grama do parque. Mas será apenas um serviço temporário. Assim que *cair* a última folha o emprego acaba. Esse emprego ainda vai demorar algumas semanas para sair. As folhas de outono ainda despencam aos poucos. Em todo caso é um emprego que me esforçarei para segurar. Além de passar o dia inteiro com os meus amigos jardineiros, fumando um baseado de vez em quando, vou ganhar algum dinheiro e, tudo somado, resultará sem dúvida em mais uma experiência diferente.

18 de outubro: Hoje tomamos uma decisão a respeito de nosso futuro próximo. José disse que garante meu sustento até terminarmos a primeira versão da peça. Prometi-lhe que um dia pagarei a dívida. José disse pra eu não dizer bobagem. Passamos o dia juntando nossas coisas. Amanhã devolveremos o quarto à Sonia Stevens. Deixaremos o supérfluo no porão da casa de Gil (Gil, Caetano e familiares mudaram-se de Chelsea para Notting Hill e estão morando em duas casas perto uma da outra) e sairemos de mochila nas costas, pegaremos um trem em Victoria e vamos terminar a peça em Salisbury, no condado de Wiltshire (eu que sugeri). José está com vontade de se entregar *body & soul* à aventura do desconhecido. Eu também. Ouço o chamado de uma força que me atrai à magia do romance.

CAPÍTULO 8

Salisbury[1]

Na catedral, ainda desconhecendo sua história mas impressionado com a perfeição de suas linhas, sua grandeza, simplicidade e preservação, tive a certeza de que todos os que a construíram, no século XIII, estavam vivos nela, em quintessência.

O homem morre mas o sol continua penetrando os vitrais, pensei, enquanto deixava a nave gótica com José Vicente. Quase anoitecia. Adiantamos os passos à procura de uma hospedaria. Estava mais frio que Londres. Andamos mais um pouco e encontramos uma hospedaria chamada *Queen's Arms*. Entramos no seu *pub*. A clientela local bebia, conversava e fumava. Olhares curiosos de quem se pergunta "De onde serão *eles*?" nos deixavam acanhados. Pedimos duas canecas de cerveja. Cerveja tem essa coisa de deixar o cara tonto e desinibido. Assim, informei-me com a *lady* atrás do balcão sobre as acomodações da hospedaria. Ela levou-nos a um quarto no segundo andar. Pagamos a diária, deixamos nossas coisas e saímos para jantar. Pouquíssimas pessoas nas ruas: um casal passando agarradinho, um e outro automóvel, três motoqueiros quebrando o silêncio sepulcral da cidade, e um bando de jovens élficos que me lembraram, instantaneamente, as figuras angélicas dos vitrais da catedral. Entramos numa lanchonete *Fish & Chips* e jantamos a comida mais popular do Reino Unido: filé de peixe frito com batatas fritas. Demos mais uma volta pelo centro, oito horas da noite, ruas vazias. Vistos do lado de fora, pelas vidraças, os pubs pareciam mais animados e aconchegantes. Voltamos ao nosso frio quarto, no *Queen's Arms,* um quarto convenientemente desglamourizado para trabalharmos a peça: duas camas, mesa e duas cadeiras, a pia, um aquecedor a moedas, uma lâmpada um tanto fraca e uma janela.

Entretanto, com todas as conveniências do isolamento, chegamos ao quinto dia sem conseguirmos escrever sequer uma única cena da peça. José saía por um lado e eu por outro. A gente se cruzava, se perdia, ele me contava o seu dia e discorria sobre as pessoas que conhecera. Eu lhe falava das minhas andanças. Da peça conversávamos nada. Quando eu sentia impulso de escrever José se esquivava e vice-versa. José freqüentava um bar onde se reuniam os rebeldes da cidade. José me contava que tinha feito amizade com um mecânico de automóveis e com um garoto irlandês que tentou vender-lhe um par de sapatos que roubara numa loja; e com um rapaz de 15 anos, franzino, cujo sonho maior era tornar-se um *hell's angel*. José referia-se também a umas meninas *skinheads* que freqüentavam esse bar onde a música mais tocada no caça-níqueis era "Paranoid", com o *Black Sabbath*. E me dizia que, tirando o bar que freqüentava, para ele o único lugar *moderno* de Salisbury, ele estava achando a atmosfera local muito estranha, medieval e parada demais pro seu temperamento. Estava até com medo dos espíritos, cuja presença ele e eu sentíamos. Só que eu os sentia como espíritos alegres, enquanto José os tinha como *estranhos*. Desconfiava deles.

Enquanto José se agarrava, no bar, a um ambiente encontrável em qualquer cidadezinha do planeta, eu procurava algo que acreditava só existisse em Salisbury. O quê? Eu não sabia. Mas intuía. Tinha, esse algo, a ver com a magia branca que há algum tempo me fisgara.

À noite a cidade se recolhia cedo, antes das nove horas. José e eu passávamos longas horas em silêncio, no quarto, sem nenhum diálogo, nenhuma comunicação. Na noite da nossa quinta diária na hospedaria, como eu não conseguisse fazê-lo conversar, sentei-me à mesa e escrevi-lhe uma longa carta que começava, meio gótica, assim: "Estamos no outono e aproxima-se a estação da grande provação..." Depois de lê-la,

José me abraçou e brincando me beijou fraternalmente, exclamando: "Maravilhosa!" E foi dormir. Para a manhã seguinte tínhamos combinado um passeio a Stonehenge.

Na manhã seguinte tomamos o ônibus até Amesbury (meses antes, na primeira vez que passei por Amesbury, com Rodrigo Santiago e Gaby Rabello, rumo à cerimônia dos druidas, ante a visão dessa cidadezinha medieval, uma das mais adoráveis que já vi, fui repentinamente fulminado por uma violenta certeza, um desejo místico e franciscano de ficar ali para sempre, descobrir uma donzela, casar, ter cinco filhos, trabalhar na camioneta da entrega do leite e dirigir o grupo local de teatro infantil, pois tudo isso me parecia o ideal do eterno. Assim fulminado chorei. Contei pro Rodrigo e pra Gaby. Rodrigo fez uma expressão de pânico, agarrou minha mão e a da Gaby, como quem diz: "Fujamos logo daqui".) De Amesbury fomos José e eu a pé até Stonehenge. O dia estava deslumbrante e até mesmo favorecido por uma leve ondazinha de calor. Não havia ninguém em Stonehenge, exceto os funcionários do portal. Entramos e acendemos um baseado com o resto da maconha do Ezequiel Neves que tínhamos guardado para uma ocasião especial. Respiramos fundo, dançando ao sol, descobrindo como é fácil desenferrujar-se, nessa euforia de viver.

Rimos, nos abraçamos, dançamos feito druidas, para espanto de três turistas que acabavam de surgir por trás de uma pedra. E voltamos a Salisbury. À noite, na hospedaria, enquanto deitado na cama eu me distraía com uma versão da *Branca de Neve e os sete anões* encontrada na escada, José, sentado à mesa, escrevia. Levantando os olhos do papel, deu-me uma piscadela e disse: – Estou respondendo à sua carta.

Fechei o *Branca de Neve* e aguardei, ansioso. Notando minha impaciência, José limpou a lente do óculos, levantou-se, disse "Pronto. Acabei". E dobrando as páginas me passou a carta. Colocou um *shilling* no aquecedor, enfiou-se sob as cobertas e disse "Vou dormir", desejando-me uma boa noite. Sentei-me e comecei a ler sua carta:

"1. Bivar,

Às vezes a distância te ensina mais e você sabe disso. Durante todo o tempo, esse tempo (hoje é 25 de outubro e nós estamos juntos desde o dia 6 de agosto), lembramos as pessoas do Brasil que conhecemos juntos e elas são mais conhecidas agora que quando estávamos ainda lá, no meio delas. Durante esse tempo que passamos juntos eu te conheci melhor do que durante os três primeiros meses da época em que você me viu (e eu te vi) em Ribeirão Preto e viajamos juntos de ônibus (de noite, lembra-se?) pra São Paulo (nessa noite você me deu um pulôver preto, de lá, que depois perdi). Depois disso você foi pra um lado, eu pra outro, mas nós sabíamos (ocultamente) que a gente sempre *estaria* procurando a mesma *luz*. Hoje posso te dizer que nós sempre *estaremos* à procura dessa luz que já vimos algumas vezes.

"Aproxima-se a grande estação da provação", você me escreveu. Eu tenho sentido isso desde os últimos dias. Essas folhas amareladas, avermelhadas, caídas sobre o verde, às vezes me dão um enigmático medo. Mas, embora às vezes tremendo de frio, dentro da minha alma eu sinto um calor gostoso, que a tua cara confirma. Por isso não espero nenhuma catástrofe da estação que vem vindo.

Estou te falando isso porque esta semana eu vou talvez pra Manchester, enquanto você vai ficar em Salisbury, esta cidade adolescente que o Grande Mágico Bom escolheu pra você.

Vou deixar o dinheiro que você precisa para um mês. Nesse tempo nós vamos aprender a mesma coisa: ser livres. Nós nunca tivemos nem tempo nem condições pra sermos realmente livres. Nem você nem eu. Muitas pessoas nos tentaram sufocar em estufas, onde nós recebíamos um calor artificial e sentíamos uma vontade louca de respirar.

Você e eu, na verdade, nunca conseguimos, senão dentro de nós, na nossa fantasia, viver a nossa própria vida, dentro dos nossos limites. Sempre foi muito confortável pra nós as casas que os brasileiros nos deram pra dormir uma ou duas noites para amanhecermos, no dia seguinte, com nossos cordões umbilicais reatados.

Mas tudo isso também foi um aprendizado, que agora acabou. Fez parte do *Amor que nos une,* que fez de você meu irmão, meu amigo e companheiro; amparamo-nos reciprocamente, como dois seres *esquisitos,* dois bruxos, dois possessos, dois mágicos, duas crianças, duas almas na verdade simples, proletárias. "São tão peculiares!" – Talvez tenhamos exagerado demais. O que somos, na verdade: duas pessoas vindas do povo e que sempre viveram nos lugares errados.

Pois bem. Acho que apareceu o momento, para você e para mim, de entrarmos pra escola. Você precisa apurar os teus olhos, os teus ouvidos, o teu coração. E eu também. Nós somos parecidos, não iguais.

Você vai descobrir o teu personagem e eu o meu. No Grande Teatro nunca dois atores fazem o mesmo papel. Não sei se vamos fazer parte do coro, se seremos protagonistas, se estaremos na primeira ou na quinta fila. Talvez na sétima. Talvez nos bastidores (sempre). Eu, por mim, na Grande Entrega dos prêmios, te vejo recebendo o de melhor coadjuvante e eu a consolação de melhor ponta...

Agora é tempo de plantar, não de colher. Grandes colheitas teremos, *pode crer.* Grandes e realmente *definitivas,* se plantarmos com sabedoria, esperança e até mesmo *loucura.* Chegou o nosso momento de semear as nossas escolhas.

Sempre me pareceu impossível te dizer isso, mas agora me é tão simples e fácil. É que nós, aqui na Inglaterra, de repente nos misturamos demais, seja porque você é muito forte e eu também, ou vai ver já é um estado de comunidade que agora está pedindo pra ir mais longe. Pelo menos eu vou tentar à minha maneira. Não sei nem tenho plano algum, por enquanto. Eu creio que você vai descobrir aqui o caminho teu, verdadeiro. Você está muito próximo, já.

Eu quero te falar, então, sobre a nossa peça. Ela é tua, inteiramente tua. Ela está entregue em boas mãos. Hoje de manhã, no bar, sentei-me e escrevi uma cena sozinho, que gostaria que fosse a saída do meu personagem. Eu te deixo. Você copidesca, se quiser. Eu acho que você deve *realmente* terminá-la. Vai ser bom pra você e bom talvez pra muita gente. Não precisa correr muito. Escreva com paciência, pesquise, trabalhe. Quando você se sentir muito perdido, trabalhe na peça. Eu talvez escreva poemas, talvez novelas, talvez filmes, sei lá, por enquanto estou vesgo.

Procure acreditar mais em você (desculpe o paternalismo, só estou dizendo uma coisa que me passou). Muitas vezes você se "minoriza" demais, quando você é realmente um ser humano de valor inestimável para esta época e para todas as épocas. Eu reservei isso pro fim, porque agora eu posso dizer a você tudo o que você me ensinou de mais precioso pra minha vida. Não quero falar de você como *artista* porque, embora eu te ache um gênio e seja teu público de primeira fila, é como ser humano, como pessoa, como alma, que você me ensinou mais. Se você continuar, sempre mais, eu penso que você será útil não mais às várias pessoas que te amam mas ao nosso tempo.

Eu te pintaria para o quadro universal assim: um vagabundo alegre, místico, bom.

2. Você me ensinou a ser humano, a acreditar nos outros e a acreditar em mim mesmo.

Com você eu aprendi a me divertir mais e a pensar menos. Com você aprendi: ser feliz na marra, impor a vida a qualquer preço, impedir a guerra e o triunfo da morte. Você me ensinou muitas vezes a amar as pessoas, sem pensar em receber qualquer coisa em troca.

Quando éramos *jovens* (quero dizer, *caretas),* gostávamos de nos chamar de "malditos". Eu aprendi, do teu lado, que se de fato somos "malditos", nós o somos junto com outras milhares de pessoas também. Eu aprendi, com você, que vale a pena jogar tudo fora e não se agarrar na "fantasia da King's Road". Eu aprendi, com você, que a Revolução já começou faz muito tempo e que só os cegos não estão vendo, só os surdos não estão ouvindo.

3. Não pense que esta carta é qualquer coisa como despedida. Isso é grave, sério e insuportável. Ninguém mais fala em despedida nos dias de hoje, a não ser os que acreditam na morte.

4. Se eu fosse dizer tudo o que deveria dizer, escreveria um tratado e não uma carta. Só para não terminar com um tom muito shakespeariano, já que estamos perto do Avon, deixa eu dar um tom "Avon chama" pro encerramento: não se policie jamais e em qualquer hipótese. O dia que você sentir necessidade de *make-up,* use-o até as últimas conseqüências.

Seu irmão e amigo, Zé Vicente".

Depois de ler a carta de José fiquei passado. Se na véspera, após ler a minha, ele me abraçou, me beijou e exclamou "Maravilhosa!", agora, depois de ler a sua resposta eu simplesmente fiquei sem palavras! Mas como José conhece bem esses momentos difíceis, fez que estava dormindo e eu tive de fazer que respeitava seu sono. Botei mais um *shilling* no aquecedor; catei nossas roupas espalhadas pelo quarto; passei um pouco do creme *Nivea* dele no rosto e nos cotovelos; passei, enfim, a noite em claro, excitado e ao mesmo tempo temeroso do amanhã imediato, ainda que impaciente pra que esse novo dia de aventura total chegasse logo, chovesse ou fizesse bom tempo.

NOTA

1. A região onde fica o distrito de Salisbury (e o condado de Wiltshire) é, há 3.500 anos, um dos centros de vibrações místicas mais expressivos da Inglaterra. Dez milhas ao norte da cidade encontra-se o famoso templo de Stonehenge – o círculo de grandes pedras (druida?) – ali plantado, dizem, desde 1800 a. C.

Há uma outra versão, via lenda, que conta ter sido o mago Merlin quem fez as gigantescas pedras voarem da Irlanda para o lugar onde elas estão até hoje.

Embora na região existam outros mais antigos, Stonehenge, por sua imponência, é o templo mais conhecido de toda a arqueologia britânica. Em Stonehenge, no verão, no dia do solstício, turistas e curiosos podem assistir à cerimônia dos druidas em sua anual adoração ao Sol.

A uma milha aquém de Stonehenge fica a medieval cidadezinha de Amesbury. Mais tarde esse encantador lugar despertou-me a curiosidade e esta me conduziu à lenda, e a lenda me contou que foi em Amesbury que a Rainha Guinevere se retirou, depois de todas aquelas batalhas do pessoal da Távola Redonda, tornando-se a abadessa do convento local. Consta que Guinevere não acreditava em Deus, mas que Lancelot, seu amante, era cristão fiel. Ao sentir que já estava envelhecendo para o romance e sabendo que tudo, incluindo o Rei Arthur, estava perdido, mas que Lancelot ainda podia se salvar (desde que tivesse uma forte motivação), Guinevere mostrou-se a mais digna das rainhas e das amantes, retirando-se no convento em Amesbury. Quando o Rei Arthur morreu, na última batalha em Salisbury, Lancelot foi pessoalmente levar a notícia da morte do rei à rainha. Fiel à sua antiga galanteria, o cavaleiro escalou o alto muro do convento para encontrar sua eterna amada. Foi a última vez que estiveram juntos. Lancelot tornou-se eremita e retirou-se com sete dos seus cavaleiros num mosteiro em Glastonbury (no condado de Somerset – vide Capítulo 15).

Eu não sabia nada disso, mas desde a primeira vez que passei por essa região jamais me abandonou o desejo de voltar. Não para fazer pesquisas históricas, arqueológicas ou lendárias, mas para sentir mais profundamente a vibração do lugar e ter, quem sabe, uma forte experiência, talvez até transformadora. Só mais tarde vim a estudar a respeito e fiquei sabendo que foram os romanos que levaram o cristianismo para a Inglaterra e que foram eles, em 160 d. C., os fundadores de uma cidade fortificada e cercada de altos muros de terra, que recebeu o nome de Sorbiodunum. Mais adiante, os saxões aumentaram a cidade, a qual tornou-se notável sob o nome de Searesbyrig. Finalmente, em 1070, William, o Conquistador, desfez seu exército ali e os normandos reconstruíram as defesas e edificaram um castelo militar do qual as ruínas podem ser vistas ainda hoje. Tanto o nome romano quanto o saxônico, ambos significam "cidade seca"; isto porque o forte, o castelo, a cidadela e tudo estavam construídos no alto do morro Old Sarum, um morro arenoso e de pouca água. Conta A. M. Smethurst, cônego e historiador, que em

1075 o Bispo Herman iniciou a construção da primeira catedral da diocese de Old Sarum. Três anos depois, ele morreu e a catedral foi levada adiante por São Osmundo (canonizado em 1457), que a concluiu em 1092. Cinco dias depois de consagrada, a catedral de Old Sarum foi violentamente danificada por um raio, sendo necessários muitos anos – de 1125 a 1139 – para reconstruí-la. O vento, no Old Sarum, era sempre muito forte e os padres dificilmente podiam-se ouvir uns aos outros quando cantavam (além de queixarem-se de reumatismo, por causa de subidas e descidas, do vento e do clima) e assim, quando Richard Poore foi ordenado bispo, em 1217, ele solicitou do Papa uma licença para remover a catedral para outro lugar menos sacrificante. A permissão papal foi concedida e o novo lugar escolhido.

Existem várias versões sobre a escolha do novo lugar. Uma delas, contada por Bruce Garrard no seu *booklet* "The Arrow" (a flecha), de 1978, diz que o bispo Poore um dia teve um sonho no qual apareceu a Virgem Maria, que o aconselhou a construir a catedral e dedicá-la a ela, num lugar chamado Campo Feliz. Desconhecendo qualquer lugar ali pelas redondezas que tivesse esse nome, o bispo continuou suas andanças, meditando e procurando. Alguns dias depois ele ia passando por um lugar e ouviu dois arqueiros conversando. Um deles estava de arco e flecha apontando para uma direção e dizendo ao outro: "Vou mandar a flecha tão longe quanto aquele lugar onde você está vendo uma vaca (ou um asno), em Campo Feliz".

O bispo, ouvindo "Campo Feliz", aproximou-se deles e o arqueiro atirou a flecha que, claro, não acertou a vaca (ou o asno) mas marcou o lugar. E assim foi.

Um lugar plano, com bastante água, verdejante e ao lado do rio Avon; e, a 28 de abril de 1220, o bispo Richard Poore deitou a pedra fundamental testemunhado por William Longspée (um dos filhos do Rei Henrique II, e Conde de Salisbury) e sua mulher, Lady Ela, assim como outras presenças importantes e o povo. E a nova catedral foi sendo construída no lugar onde está hoje, magnífica. Trinta e oito anos depois do lançamento da pedra fundamental, a 30 de setembro de 1258, ela foi consagrada, sob o bispado de Giles de Bridport. A torre e o pináculo foram erigidos entre 1334 e 1365, durante o longo episcopado do bispo Robert Wyville, num trabalho do grande arquiteto Richard de Farleigh (o pináculo é o mais alto de todas as catedrais da Inglaterra e o terceiro da Europa).

A catedral de Salisbury, dedicada à Nossa Senhora, a Abençoada Virgem Maria, é um dos maiores e mais representativos monumentos do estilo gótico inglês. É uma catedral famosa mais por sua beleza – claridade, simplicidade e unidade – e por seus méritos artísticos, que por suas associações históricas, embora o Rei Henrique III tenha estado presente em sua consagração. A catedral é, hoje, a maior atração de Salisbury. Em seu *booklet* Bruce Garrard diz que o local escolhido foi mais por obra do Divino que por cálculos humanos.

CAPÍTULO 9

63, Saint Ann Street (Diário íntimo)

27 de outubro, terça-feira: O ônibus sumiu levando José Vicente enquanto fiquei plantado na estação esperando a chuva passar. A chuva passou e o sol ressurgiu entre nuvens negras e ameaçadoras. Estonteado com as últimas vicissitudes, peguei a mochila e fui pela rua principal até o jardim da catedral. Sentei-me num banco ainda molhado e pedi a Deus que me orientasse. Devia ficar em Salisbury ou também entrar num ônibus e procurar outro lugar?

Foi então que vi, agachado, sorrindo, procurando meus olhos, uma das criaturas élficas que já tinha avistado na cidade. Sem perguntar nada, mas me captando inteiro, tomou forte minha mão, e com os olhos nos meus ele disse: – Vem comigo.

Foi uma das melhores sensações de toda a minha vida. Foi um ato bonito e bom. Não consegui conter as lágrimas e elas saltaram, cheias, felizes, lavando o rosto e a alma. – Onde? – perguntei, encantado, depois de passada a primeira descarga emotiva, enxugando o nariz na manga do suéter e já pegando a mochila para segui-lo. Com um modo peculiar de falar e um sotaque distinto, ele respondeu: – A uma casa de gente simpática. – Que bom ter alguém para seguir, de repente pensei.

No caminho ele disse seu nome – Roger. Cinco minutos depois dava três toques na porta da casa. Uma jovem a abriu. Entramos. A sala, na mais perfeita bagunça. Livros espalhados, canecas na mesa e no chão. Cinzeiros cheios, poltronas surradas e um assoalho que não via vassoura há muito tempo. Mas a atmosfera me agradou no primeiro instante. Me senti em casa e caí sentado numa poltrona. Eu era um forasteiro fascinado mas também fascinante. E por conta da Ordem Cíclica, companheiro deles de outras encarnações passadas e futuras. Foi o que senti.

Logo depois foram surgindo os outros habitantes da casa e seus amigos. Todos *boys & girls* na faixa de idade entre 16 e 20. Élficos. Pertenciam ao universo mágico, o meu universo particular. Eu estava tão feliz que, num ímpeto, pedi:
– Posso ficar morando aqui com vocês?

Eles se entreolharam surpresos e ninguém respondeu. Foi de John Atkins a iniciativa: – Precisamos, primeiro, consultar David Hayward. Pediu um instante e subiu correndo a escada. Logo estava de volta, com David Hayward, um ruivo de óculos, que me perguntou: – Quanto tempo você gostaria de ficar aqui?

– Uma semana – respondi, achando uma semana um tempo razoável, para começar.

– Bem, uma semana pode ficar. Só que não temos muito conforto e nem cama sobrando.

– Tenho meu saco de dormir e qualquer canto pra mim já está ótimo. O que quero é passar uma temporada com vocês.

Todos ficamos contentes, até mesmo David Hayward que, por ser o responsável pela ordem da casa, é um pouquinho mais sério. Apanhei do chão uma caneca de louça. Tinha um nome gravado: *Bruce*. Quem será Bruce?, pensei. Nesse mesmo instante alguém bateu na porta. Penny foi abri-la. Era o próprio Bruce. Bruce Garrard.

– Alô Bivar! – ele disse, fraterno, depois de Roger nos ter apresentado e tudo.

Depois do chá, todos no quarto de Bruce, fui entendendo mais a organização da casa. Do lado de fora ela parece um sobradinho, mas dentro, além do térreo, tem mais três andares medindo um ideal abaixo do tamanho ideal para todos nós. Todos dividem os quartos, mas o menor deles é exclusivo de David Hayward, que precisa de um mínimo de concentração para responder pela casa. O maior dos quartos, na cobertura, é dividido entre Penny e mais três habitantes que fiquei conhecendo depois: Don, Verônica e Andrew Lovelock.

Verônica é uma deusa de 16 anos. De pele clara e cabelos castanhos escuros lisos, longos e brilhantes. Verônica é tão feminina e tão bonita que fiquei até sem jeito quando ela fez sua primeira aparição. Mas impacto ainda maior causou Don, um deus. Don e Verônica são namorados.

E Andrew Lovelock, que não corta o cabelo louro cor de mel há seis anos e veste o jeans mais surrado e remendado que já vi. Mas foi só depois da meia-noite, quando Roger Elliot e Anthony Chivers foram embora, que fiquei sabendo que ambos não moram na casa. Julie, que saíra antes dos dois, também não.

Agora devem ser quase duas da manhã. Todos dormem, menos eu. Bruce está fora – ele trabalha a noite inteira numa fábrica de parafusos que fica em outro setor da cidade. Ele sai do serviço às seis da manhã. Acho que vou dormir aqui na sala mesmo, dentro do meu saco, em cima do sofá, assim que terminar estas linhas. A lareira está acesa e a sala está quentinha. Lá fora deve estar gelado. Estou feliz por estar finalmente num outro mundo, o mundo que sonhei.

28 de outubro, quinta-feira: Dormiria até mais tarde se não fossem as vozes excitadas dos que preparavam a refeição matinal na cozinha, por volta das oito da manhã. Penny me chamou ao *breakfast*. Saí do saco de dormir e subi correndo as escadas, me trancando no banheiro. Fiz pipi, lavei o rosto, escovei os dentes, sacudi a melena, ajeitei minha roupa o melhor que pude e desci.

Após o desjejum cada um foi cuidar de sua vida. David e John foram para os seus empregos; Penny pra escola; Andrew até a casa dos pais apanhar alguns pertences. Bruce, que trabalhara a noite inteira, agora dormia. E eu, saí para a minha caminhada matinal. Manhã clara e deliciosamente gélida. Ar puríssimo e exercícios respiratórios. Gramado à beira do Avon, cisnes deslizando no lençol límpido do rio, *cottages* antigas cobertas de hera ou recém-pintadas. *Ladies* não ficam nas janelas e no verão deve ser maravilhoso deitar à sombra de qualquer salgueiro e fazer *haikus*. Namorar e sonhar, talvez até chorar por um amor lindo mas não correspondido...

Ó Byron, Shelley, Keats, Swimburne e até mesmo Rupert Brooke! Li muito pouco de vocês, mas entendo o que quiseram dizer...

Mas estava frio e nessa época do ano não se deve ficar mais que três horas ao ar livre, se o poeta for brasileiro como eu e não estiver bem provido de agasalho.

Don passou o dia inteiro na cama, por causa da gripe. Deuses ficam ainda mais deuses, gripados. Verônica, lânguida, cuidando do namorado, trocando as camisas dele molhadas de suor, fazendo sopa na cozinha, subindo e descendo a escada. Gosto dessa atmosfera, conheço-a da literatura: Thomas Hardy, D. H. Lawrence. O pai de Bruce veio vê-lo. Fui ao supermercado e voltei com uma braçada de legumes, ovos, pão, manteiga, leite em pó, geléia de morango, café solúvel e chá. Bruce me contou que o pai gostou de mim e lhe disse para conservar minha amizade, que sou um *good fellow*. Isso me impressionou bem.

No ano que vem alguns dos rapazes entrarão para a universidade. Don deixou o leito uma só vez e apareceu no quarto de Bruce. Me ofereci pra fazer chá e fui pra cozinha. Todos disseram que meu chá estava muito bom. Don me chamou à atenção, com uma elegância quintessente, por eu ter posto duas colheres de açúcar em vez de apenas uma, em sua xícara.

São *quase* vegetarianos. Ovos, leite, manteiga, queijo, sim, alguns. Carne, de nenhuma espécie. Guloseimas, todas. Hoje foi Bruce quem fez o jantar. Ajudei-o a descascar os legumes enquanto conversávamos de música, poesia, lendas e lugares. Depois do jantar os elfos se dispersaram. Bruce ficou lendo *Wizard of Earthsea* antes de sair para o trabalho noturno na fábrica de parafusos. Bruce também escreve e me contou que o pai foi o editor de arte da *Harper's Bazaar*. Fui dar um passeio com Verônica e John Atkins pelos jardins à beira do Avon. Noite linda e fria. Verônica, descalça no gramado, vestia apenas uma camisola de cetim azul-gelo. O doce amor de John Atkins por ela, que ama Don, o deus. As águas do Avon cintilavam ao luar. Verônica sumiu e subitamente ressurgiu das águas do rio, nos pregando um susto, molhada da cabeça aos pés, a louca, nesse frio!

Verônica e John Atkins estavam inteiramente molhados. Porque ele também entrou no rio. E a sala, cheia de gente. Verônica não sabe o que estudar no ano que vem. Suspirou enfastiada: na semana vindoura começará a trabalhar como dama de companhia de uma rica senhora inválida. Verônica tem 16 anos, mas parece 17.

Agora é tarde e todos na casa dormem. Escrevo meu diário e Bruce está lá na fábrica fazendo parafusos. Bruce disse que posso estender meu saco de dormir no seu quarto ao lado de sua cama e, a partir desta noite, dormir lá. Eu vinha dormindo na sala.

30 de outubro, sexta-feira: Andrew Lovelock se mudou para Londres hoje. Me deu o endereço e um LSD. Depois que Andrew foi embora Penny me contou que ele é filho de um respeitado cientista. Penny me contou também que os pais de Andrew moram num *village,* aqui perto, são vizinhos e amigos de William Golding (o autor de *Senhor das Moscas*) e do famoso *Sir* Cecil Beaton. Penny me contou também que a família de Roger é da aristocracia e que ela, Penny, é classe-média. – E por que é que moram nesta casa? Penny disse que na Inglaterra é normal os pais liberarem os filhos cedo pra que cada um vá viver onde e como quiser.

2 de novembro, segunda-feira: Amanhã faz uma semana que estou aqui. Recapitulando os acontecimentos desde, vejamos, a manhã do sábado de "Halloween" (a tradicional celebração dos bruxedos infanto-juvenis) quando, no banheiro, decidi tomar o LSD que Andrew me dera...

Achei que sendo "Halloween" a ocasião era propícia a uma viagem, mesmo porque estava precisando de uma revelação que me esclarecesse algumas dúvidas. Dúvidas quanto a partir ou ficar, já que na véspera David Hayward me dissera que posso ficar na casa não apenas uma semana, mas todo o tempo que desejar. Meu medo é ficar para sempre. Não que aqui aconteça muita coisa, que não acontece nada. Mas... tem um encanto que me encanta. Tomei o ácido e saí para a viagem. Antes de começar o efeito entrei na catedral e fiquei sentado num banco da nave ouvindo alguém tocando órgão. Observando as figuras nos vitrais seculares constatei algo ligado ao *círculo eterno:* as pessoas nascem, crescem, amadurecem, envelhecem, morrem e... renascem. John Atkins e Anthony Chivers, por exemplo, estão nos vitrais em roupas medievais. O ácido *bateu* e a ânsia de andar me fez levantar e sair. Passei pelo claustro e fui parar no lado secreto da cidade: um pomar cheio de macieiras carregadas de frutos enormes e vermelhíssimos. Entrei em pânico. Estaria cometendo uma infração? Já ia fugir dali correndo, mas... vendo que o chão estava forrado de maçãs durinhas... que talvez ali acabassem mesmo por apodrecer... peguei um monte delas, enchi os bolsos, deixei o pomar e, passando pela frente da mansão... saí pelo jardim sem muro e sem portão.

Cheguei na Saint Ann Street 63 e encontrei as pessoas na sala. Orgulhoso de minha façanha, fui logo tirando as maçãs dos bolsos e distribuindo para todos. Todos aclamaram a beleza do fruto. Daí eu contei de onde vinham as maçãs. Pra quê? A reação foi mais cortante que o tempo gelado lá fora. Reprimido feito menino de dois anos e meio! Sem que tivessem pronunciado qualquer palavra. Foi Don quem quebrou o silêncio dizendo, num tom paternal: – Seria absurdo agora você voltar lá e devolver as maçãs, mas... não faça isso outra vez, Bivar.

Mal acabou de dizer isso, Don deu a primeira dentada na maçã. Os outros seguiram seu exemplo. A fruta era suculenta e saborosíssima. Fui perdoado.

Fiquei mais um pouco com eles na sala e depois apanhei o texto de "Wight" – a peça que estivera escrevendo com José Vicente – e saí. Fui ao jardim à beira do Avon até o recanto favorito de Bruce (o tronco de uma árvore serrada, onde ele costuma ir meditar) e me questionei a respeito do sentido de estar tão distante do meu outro mundo, de casa, da família, dos amigos, de gente que fala a minha língua, etc. Refleti sobre tudo isso enquanto cavocava um buraco na terra mole à beira do rio shakespeariano. Enterrei nele o texto inacabado de "Wight". O sol se punha e caí em depressão. Ouvi vozes de uma certa facção brasileira me cobrando análises da realidade de meu país vista de fora: o que foi que levou gente como eu, José Vicente, Rogério Sganzerla, Helena Ignez e outros a nos mandarmos pelo mundo? Foi apenas a política? Foi apenas o sufoco do regime? Por que foi? Diziam, essas vozes, que era essencial que eu respondesse isso. Que, é certo, o regime provavelmente não estava para peixe; e que saiu do Brasil quem militou clandestinamente; e que saíram também os que estavam em outra; e nós, os que queriam viver a liberdade imediata. Que tipo de liberdade imediata, essa? Seria só isso? Como vemos o Brasil, o regime, o sistema? O que pretendemos? Como nos inserimos dentro da realidade brasileira e por que pulamos fora dela?

Foi um interrogatório cruel e insistente feito uma sirene de polícia, provocando uma repulsa visceral. Mas admiti que as perguntas tivessem seu sentido. E a resposta, depois da onda torturante, veio franca e sem culpa: é que não tenho mesmo e nem nunca tive nada a ver com isso. Apolítico por natureza, sempre fui um pequeno aventureiro, um vagabundo sonhador, um explorador de sensações peregrinas, um bom diabrete, um híbrido (com certeza), um nefelibata certamente, um incorrigível mesmo. Hoje é hoje, amanhã será outro dia e o tempo se encarregará de me encaminhar bem e de me esclarecer, esclarecendo tudo. Além do que, pensei, estou de férias. E férias existem pra que nelas se desligue de tudo e se curta um bom tempo. E já que a vida é tão curta, por que então as férias não serem um pouco mais longas?

Iluminado e relaxado, agradeci a Deus por estar onde estou e por poder responder por mim e não pelos outros. Desliguei a patrulha e dancei um pouco (ninguém à vista);

aspirei o ar privilegiado de um dos melhores recônditos britânicos e assim, deixando o recanto favorito de Bruce, voltei à minha casa em Salisbury. Já era noite e a lua quase cheia. Uma lufada de vento arrancou dezenas de folhas de uma árvore. Cheguei em casa. Bruce abriu a porta. Estava só. Perguntei dos outros. Estavam fora festejando o "Halloween". Tiritando de frio e com o corpo todo dolorido de quem acabou de uma sova, caí no sofá. Bruce buscou um cobertor e me cobriu. Fez um chá e eu tomei. Depois do chá, relaxado, dormi. Não sei quanto tempo dormi, mas acordei com vozes conversando. Era Verônica que chegava procurando por Don. Mas Don, curado da gripe, também não estava. Verônica perguntou quem dormia no sofá. Bruce contou que era eu, esgotado de uma viagem de ácido. – Pobre criança – disse Verônica, num tom de voz que me derreteu. Continuei como se dormisse. Estava tão gostoso!

– Ele vem de tão longe e realmente nos ama – disse Bruce. E continuou: – Aprendi com ele, em menos de uma semana, mais do que aprendi em toda a minha vida.

Bruce disse isso com uma voz tão sincera e fraterna que eu, cabeça debaixo do cobertor, chorei quietinho pra que não me percebessem acordado. Minha autopiedade estava conquistada. E fiquei pensando: que coisa era essa das pessoas dizerem que aprenderam tanto assim comigo? Aprenderam o que, se eu mesmo não sei de nada?! Primeiro foi o José Vicente, agora o Bruce. É bem verdade que eu também estou aprendendo muito com todos. Tanto, que é por isso que estou aqui. Enfim...

Agora a sala estava cheia de gente e muitos eu ainda nem conhecia. Agora eu estava sendo festejado como uma espécie de personagem quixotesco ou, já que latino-americano e de boina, algum revolucionário da brigada de Guevara (aqui a fantasia era da cabeça deles), a novidade da festa, um personagem que, afinal, também tem seu espaço nesse romance ao mesmo tempo contemporâneo, antigo e eterno. Roger me olhava com ternura e me chamava de "Bull's Eyes" (olhos de touro). – Por que *Bull's Eyes*? – quis saber Anthony Chivers. – Porque ele vem da terra dos touros – respondeu Roger, deixando escapar um lampejo de dúvida, depois de consultar meus olhos, se o Brasil era mesmo a terra dos touros. Não é possível que Roger confunda Brasil com Espanha, pensei. Mas daí me lembrei da Argentina, do Rio Grande do Sul e dos pampas, dos ponchos, dos gaúchos e do churrasco, e achei natural a confusão de Roger. Caiu uma pancada de chuva e fui, com mais três, me molhar um pouco. Encontrei uma enorme minhoca perdida na calçada e, piegas, trouxe-a para dentro da casa. David Hayward fez uma divertida cara de nojo e, rindo, me reprimiu: – Oh Bivar!

E a casa ficou cheia a noite toda. Não era eu o único viajante de ácido. Haxixe também não faltou. Os elfos saíam e entravam com chocolates, guloseimas, músicas e piadas. Chá e batata assada com manteiga...

No domingo fui com alguns deles à catedral – no seu interior a catedral é um *playground* onde se medita, se faz *footing,* se flerta, onde se conversa em sussurros e onde se sente transportado – e o resto do dia fiquei em casa. E hoje, segunda-feira, tudo voltou ao normal. É fim de tarde e a casa está vazia. Decidi que vou embora agora, sem me despedir. Não saberia como dizer "até a próxima". Vou pegar o trem para Londres. Assim como apareci, desapareço. Ainda que o amor seja recíproco. E, tenho certeza, para sempre. Encontrei aqui algo que procurava. Mas tenho que ir...

CAPÍTULO 10

So long, London

Estava longe de me sentir o homem mais feliz do mundo, ao descer do trem em Londres, na estação de Victoria. Primeiro, porque fora uma estupidez fugir de Salisbury sem me despedir dos amigos. Segundo, porque já não tinha mais casa nem quarto nem nada. Restavam apenas algumas libras das quarenta que José Vicente me deixara. Procurar um quarto em hotel barato, no estado de espírito em que estava, nem pensar. Afastei essa de hotel, lembrando-me que tinha muitos conhecidos na cidade. Algum deles havia de me dar pousada por uma noite. Tomei um táxi e fui para a casa de Gilberto Gil em Notting Hill. Como sempre, havia bastante calor humano na casa. Pedro, filho de Gil e Sandra, nascido em Londres na primavera, estava agora já com seis meses e, tranqüilo, brincava no chiqueirinho. Sandra me contou que Abujamra, o diretor teatral, estava em Londres tentando me localizar, querendo muito falar comigo. Nessa mesma noite estava lá o pintor Antonio Peticov, vivendo na Inglaterra desde o festival de Wight. Peticov me chamou para morar no seu quarto, que era grande e tinha cama sobrando. O quarto dele ficava na casa de Elizênia Lopes.

Na manhã seguinte mudei-me pra lá. Elizênia, que até então eu só conhecia de nome, era uma bonita jovem-senhora, morena de olhos verdes, e rica, que abandonara, no Rio, o marido (banqueiro), o lar e, temporariamente, os filhos, para viver aquilo que todos vivíamos, o *Sonho*. Elizênia, que chegara a Londres recentemente, alugara uma bonita casa em Chelsea, disposta a fazer dela uma comunidade. Elizênia pretendia mandar vir do Brasil os filhos (em idade pré-adolescente). Os outros quartos da casa ela alugara a brasileiros amigos, como Juanita e Peticov. O quarto de Peticov ficava no porão, ao lado do de Elizênia.

Elizênia era quem menos se sentia em casa, na casa. Como se os habitantes não fossem os que ela idealizara, para um convívio comunitário. É que cada um estava na sua. Juanita estudava cinema e curtia uma turma da barra-pesada irlandesa. Peticov pintava e, quando não pintava, não parava em casa, muito ativo que era, agitando mil e uma. E eu, tendo deixado meu coração em Salisbury, achava que o resto do mundo tinha perdido muito de sua antiga graça. E assim, Elizênia Lopes não tinha com quem trocar uma idéia, na sua comunidade.

Abujamra estava hospedado no St. James Hotel e vinha de uma turnê cultural pela Europa. Quarentão, alegre, cínico, malandro, generoso, debochado, jogador, vivíssimo e forte como um touro dos pampas, Abujamra foi um grande camarada nessa fase do outono de 1970, em Londres. Ele estava com a intenção de dirigir uma nova montagem de "O Cão Siamês de Alzira Porra-Louca", peça que eu tinha escrito em outra *encarnação* e que fizera sucesso *underground* na temporada passada, em São Paulo. Abujamra queria encenar a peça no Rio, durante a temporada de verão, com a coquete Yolanda Cardoso, que criara o papel na primeira montagem. Mas, para uma produção mais profissional, a peça precisava de mais umas vinte páginas para dar, no mínimo, uma hora e vinte de espetáculo. Abujamra queria que eu escrevesse essas vinte páginas.

José Vicente, que chegara de Manchester no mesmo dia que eu, de Salisbury, estava morando no apartamento de Johnny e Maria, que continuavam na Cromwell Road. José andava um pouco frio comigo, decepcionado por eu ter voltado tão cedo. No fundo ele esperava que eu permanecesse mais tempo em Salisbury e voltasse outra pessoa. Sobre seus dias em Manchester, ele silenciava. Preferia não tocar no assunto. Agora ele saía com Teresa Rachel, a temperamental atriz carioca, que estava viajando pela Europa à cata de um diretor de vanguarda para dirigi-la em sua próxima produção.

O frio aumentava enquanto os dias ficavam mais curtos e as noites mais longas. De vez em quando acontecia algo agradável e engraçado, como a noite em que a mãe de Juanita – uma mulher muito chique e comunicativa – chegou de Marselha para passar uns dias com a filha. Estávamos na sala junto à lareira e a mãe de Juanita contava cenas hilariantes da vida diplomática, quando, com naturalidade, alguém acendeu um baseado de maconha brasileira. A mãe de Juanita, muito elegante, pegou o charo quando este passou por ela, no rodízio. Todos esperavam que ela o recusasse ou, no máximo, desse uma tragada e o passasse adiante. Mas a mãe de Juanita não. Experimentou e continuou segurando o baseado, com charme, como se tratasse de um cigarro comum. E soltando uma baforada disse que se tivesse o hábito de fumar maconha ou haxixe ela enrolaria e fumaria o seu próprio cigarro sem essa de ficar passando de mão em mão, coisa anti-higiênica. E atiraria fora o baseado antes da brasa chegar perto do dedo. Alguns discordaram, alegando que maconha é muito cara. Outros acharam que a mãe da Juanita é que estava certa. Achei-a deliciosa e lamentei ela ter que voltar a Marselha no dia seguinte. Se ela ficasse mais alguns dias em Londres todos poderíamos com ela aprender um pouco de *savoir-faire* e também a ser um pouco mais práticos.

Outro acontecimento que merece nota, nesse período, foi a palestra de Joseph Losey, na *Round House*. Artur e Maria Helena, que ensinavam português à mulher do cineasta, nos contaram que Elizabeth Taylor e Richard Burton apareceriam de surpresa na palestra. E para a *Round House* fomos – Artur e Maria Helena, Caetano e Dedé, Guilherme Araújo, Rodrigo Santiago, Ezequiel Neves, Julinho Bressane e Rosa, Rogério e Helena, Lodo e José Vicente – a maioria para ver *Liz Taylor* de perto.

E realmente só deu ela. Um estudante, na platéia, perguntou ao Losey os motivos do fracasso de "Boom" ("O homem que veio de longe", no Brasil), dirigido por ele e estrelado por Liz e Burton. Liz não deixou que o diretor respondesse ao estudante e respondeu ela mesma: – "Boom" é um filme avançado no tempo. Só será reconhecido daqui a quinze anos. – Caetano, achando a estrela um barato, comentou: – Ela é *a cara* da Emilinha Borba! – Sentávamos no chão a dois metros dela. Losey sorria, complacente. Liz beliscava a bunda de Burton e este pulava na cadeira. A maioria do público que lotava a *Round House* era universitária, estava ali a sério, por causa do Losey, talvez um dos cinco grandes diretores do cinema, vivos. Mas Liz estava realmente impossível.

– Que você acha do palavrão no cinema? – perguntou alguém, aos berros, pra se fazer ouvir. Liz respondeu com uma pergunta à Mae West: – Dito na tela ou na platéia? – A *Round House* quase veio abaixo, numa explosão de gargalhadas. Liz bebeu mais um pouco da vodca e, num *timing* de grande atriz, foi em frente: – Em "Boom" eu digo "FUCK OFF", e adorei dizê-lo. – A censura cortou – disse Losey a Liz, em aparte. Liz fez cara de que não sabia e, sabendo-o agora, mostrou-se desolada: – Oh, mas era a minha fala favorita. – Richard Burton não dizia nada. Sorria, bebia sua vodca e devolvia beliscões na bunda da mulher. – O vestido dela é da *Mr. Freedom* – comentou Maria Helena. Liz Taylor usava um máxi todo em gomos e nas cores da moda: verde, amarelo e abóbora. No dedo, um anel enorme, certamente uma réplica do famoso diamante que Burton lhe dera, numa das muitas reconciliações do casal. O brilho do anel era um escândalo à parte.

Senti, pelas vibrações, que a maioria do público estava achando Elizabeth Taylor *careta*. Quando o zunzum aquietou, um estudante levantou-se e, com voz insolente, perguntou: – É verdade que você e Burton estavam na lista das próximas vítimas de Charles Manson?

Pra quê? Esta, Elizabeth Taylor não perdoou. Indignada, achando aquilo uma grosseria, deu ela mesma por finda a palestra e retirou-se, seguida de Burton, de Losey e de uma senhora que estava ali para conduzir o debate e que nem tivera chance de abrir a boca. Corri ao palco e, num rompante de... sei lá, mitificação, bebi o resto da vodca deixada no copo pela estrela.

Mas nada significava muito mais para mim, depois de Salisbury. Escrevi uma longa carta aos amigos de lá. Abujamra solicitava minha companhia em muitas de suas saídas culturais por Londres: teatros, livrarias, cinemas. Notando minha falta de entusiasmo para com esses programas, ele dizia que eu precisava conhecer Nova York, o lugar onde as coisas *realmente* estavam acontecendo. Entretanto, suas palavras não me convenceram, embora gostasse de vê-lo tão estimulado. Notando o meu ceticismo quanto a Nova York, ele me desafiava: – Ser rei em cidade de interior é fácil. Difícil é ser rei em Nova York! – Abujamra divertia-se com frases-feitas e eu também adorava um clichê, mas... quem queria ser rei? Afinal ele acabou arranjando alguém pra pagar a minha passagem (exigi ida e volta, Londres-Nova York-Londres), embarcou na frente e uma semana depois fui encontrá-lo lá.

Meus últimos dias de Londres tiveram momentos de profunda melancolia e outros de igual euforia. Como a minha última tarde com José Vicente, por exemplo. Foi como nos velhos tempos. Eu, de barba crescida e cabelo comprido de muitos meses, enrolado em uma manta de tricô rosa-antigo, e ele, com o casaco de pele que ganhara de Teresa Rachel (o qual, segundo a lenda, pertencera à Tonia Carrero) e, nos lábios, o batom *Mary Quant*. Fazia um dia lindo e fomos remar no lago do Hyde Park. José estava no melhor dos humores, o que deixava o meu humor nas glórias. Quando o barco contornava a estátua de Peter Pan, consideramos a idéia de sermos crianças para sempre. A única coisa que José não acreditava era que eu fosse mesmo para Nova York. Ele achava que eu estava delirando. Depois, de volta às ruas, as pessoas nos sorriam simpáticas, aprovando o nosso humor tão primaveril quando o outono ia longe e o inverno já começara a tomar seu posto. Quando saímos do metrô para uma volta na King's Road, estávamos tão felizes que até comentei: – Agora só falta o cinema nos descobrir. – E foi exatamente o que aconteceu. Um homem se aproximou e perguntou se queríamos ser fotografados, explicando que as fotos eram para o Stanley Kubrick escolher *extras* para um filme que ia fazer em Londres.

José não estava entendendo nada e lembrei-lhe que Kubrick era o diretor de "2001". Verdade?! – exclamou José. – E fomos fotografados, individualmente. Eu, enrolado na manta de tricô, e José, com o casaco que fora da Tônia e batom. Preenchemos um formulário. Para o caso de sermos aprovados no teste de fotogenia e chamados, deixamos como nosso endereço o de Guilherme Araújo que, além de empresário, era o único endereço realmente fixo, na cidade. Contentíssimos, seguimos a King's Road, como se já estivéssemos nas telas do mundo. Mesmo como *extra* já estava bom. – Contanto que nos reservem ao menos um *close-up* – disse José *campando*.

No dia seguinte aconteceu outro episódio cinematográfico, quando levava meu passaporte ao consulado americano para pegar o visto de entrada nos States. Ao passar pela passagem subterrânea cruzei com Lee Remick (uma estrela da constelação da Fox, nos anos 50), que vinha vindo sozinha em direção ao Hyde Park. Tinha lido no *Evening Standard* que ela estava em Londres, filmando. E agora éramos só nós dois, na passagem subterrânea. Pelo jeito com que ela me olhou – com seus olhos azuis assustados –, tive a impressão de estar parecido com algum tipo suspeito de filme do Hitchcock.

No consulado carimbaram um visto valendo quantas entradas e saídas eu quisesse, nos States, nos próximos quatro anos. Eu, que pretendia apenas dar uma olhada em Nova York!

Não saí de casa na última noite antes da viagem. Chovia e tinha que levantar bem cedo, pois meu vôo era o primeiro da BOAC. Mesmo assim apareceram alguns amigos. Mercedes Robirosa escreveu-me endereços de conhecidos em Nova York. Ezequiel Neves levou-me um *Sonho de Valsa* para entregar à Auggie de Carvalho. E Elizênia, Peticov, Juanita, estavam todos na sala. Menos José Vicente. Telefonei para contar-lhe que estava indo *mesmo* para Nova York e ele, achando que eu insistia no delírio, se despediu me desejando, friamente, uma boa viagem.

CAPÍTULO 11

Manhattan

– Isto é que é realidade, o resto é fantasia!

Era o Abujamra exclamando em altos brados, saudando a minha chegada, diretamente de sua suíte num hotel da 43. Abu tinha ainda uma semana de Nova York antes de voltar pro Brasil.

Não querendo abusar de sua generosidade, tratei de telefonar a um conhecido, com quem eu estivera em Londres em uma de suas visitas, o artista Jorge Mautner, que há anos vivia na cidade.

– Alô, Mautner? Aqui é Bivar, acabando de chegar – falei.

– Você tem onde ficar? – perguntou Mautner com uma voz que me soou bastante acolhedora.

– Não – respondi, meio que perdido.

Mautner, que vivia no lendário *Chelsea Hotel,* foi diretamente ao assunto: – Pegue um táxi e venha já pra cá.

Abujamra me deu alguns dólares pro táxi e lá fui eu, com a sambada mochila nas costas. Mautner me recebeu numa suíte no último andar do Chelsea. Fiquei deslumbrado com as mil obras de arte que abarrotavam a sala. Além dos tapetes caros e antigüidades, móveis, mármores, gaiolas, plantas e um gato, reconheci uma escultura de Degas e pinturas de Modigliani, Chagall, Klee, Picasso, Dali, Pollock e Warhol, penduradas a torto e a direito nas paredes. Mautner me contou que era tudo autêntico. Notando pela minha cara que eu não estava entendendo picas (eu não o imaginava tão rico!), Mautner me contou que o dono de todo esse acervo era um milionário solteirão, cheio de propriedades pelo mundo, que vivia viajando e agora estava passando uma longa temporada com a mãe, na fazenda no Novo México. Mautner era o protegido desse milionário, que também era paraplégico. Coisas que só acontecem em Nova York. Mautner estava duro e desempregado. Ruth, sua mulher, sugeriu que ele pusesse um anúncio no *Village Voice* oferecendo-se como massagista. Bob, o milionário, viu o anúncio, procurou o Mautner e...

– E eu vou ficar aqui? – perguntei.

– Não, você vai ter um *studio* só pra você. Quando Bob está na cidade ele fica na suíte e eu e Ruth no *studio*. Quando Bob viaja, eu e Ruth ficamos na suíte e o *studio* fica para os amigos que chegam.

O *studio* era no mesmo andar da suíte; Mautner disse que eu podia ficar nele mais ou menos dois meses, até a volta de Bob. Maravilha! Era exatamente o tempo que eu pretendia ficar em Nova York.

ON BROADWAY & AROUND: Confesso que não foi fácil acompanhar o Abujamra em sua maratona nova-iorquina. Desde o abrir e fechar de mil cortinas teatrais, da classe de uma Lauren Bacall em "Aplause" a todas as outras badalações culturais às quais comparecíamos; desde a vigília dos atores do circuito *off-Broadway* (fora da Broadway) fazendo greve em frente aos seus teatros, sob a neve, noite e dia, à missa matinal domingueira numa igreja episcopal avançada, onde os hinos eram acompanhados pelo som de uma *steel band* formada por negrinhos do Caribe; e filmes, muitos filmes: a exibição de "El Topo", do chileno Jodorowsky, uma fábula *zen* sobre um rapaz que entra numa jornada com um propósito: chegar lá sem pressa e resolver uma questão. Mas daí vão pintando lances e visuais surreais nas paisagens áridas e exóticas do México até que, um tanto alquebrado, é bem verdade, o rapaz chega onde tinha que chegar e resolve bem o que tinha que.

Exibido em sessão especial depois da meia-noite no cinema *Elgin* – e com as presenças de John e Yoko e outras celebridades da inteligência pop, "El Topo", de cara, tornou-se um *cult movie*. Abujamra achou o filme "desonestíssimo". A mim, o filme me tocou. Saquei todos os *toques* e degluti o celulóide numa boa. Do meu modesto ponto de vista, tratava-se de um filme universal que orgulhava o cinema latino-americano. Aquelas coisas. E saíamos para outros filmes e eventos: filmecos pornôs nos cinemas fedorentos da rua 42; Mick Jagger passando batom nos beiços e bancando moderna Rita Hayworth em "Performance"; e os filmes deliciosamente chatos e pseudo-realistas de Andy Warhol, como aquele "Trash", onde Jane Forth (uma aristocrática garota-da-capa, bonita mas de voz insuportavelmente ordinária, fina e estridente) se envolve com Joe Dalessandro (que desta vez faz um viciado em heroína) no *long shot* mais saborosamente irritante de toda a história do cinema. Aquelas coisas.

Além da parte cultural eu também acompanhava o Abu nas compras. No East Side, no West Side, no *Macy's*, na *Bloomingdale's,* na Terceira, na Quinta, na Sexta mesmo, na Madison, na Rua 42 e até na elegante 59. Escadas rolantes, elevadores, abundâncias consumíveis, isso e aquilo, livros e cachimbos, mil departamentos. Abujamra também apostava nos cavalos e uma vez ganhou mais de mil dólares.

Abu, que estava às vésperas de voltar pro Brasil, me cobrava que escrevesse as vinte páginas da peça que ele queria dirigir no Rio. Tranquei-me no meu *studio* no Chelsea e escrevi diálogos, bifes, pequenos solilóquios, armei os ganchos e os fechos, criei uma dúzia de qüiproquós, três monólogos possessos e um epílogo chocante. Tudo com muita verdade e charme, porque a experiência me ensinara que, em se tratando de teatro, o importante não é só a verdade mas também o estilo com que essa verdade é passada ao público. Seja essa verdade realista ou absurda. Aproveitei, também, para mudar o título da peça. Em vez de "O Cão Siamês de Alzira Porra-Louca", já que a censura não deixaria mesmo passar o "Porra", mudei para "Alzira Power", que me parecia ao mesmo tempo simples e direto, cafona e chique, com *camp* e impacto. O "Power" do título era uma homenagem de "Alzira" a todos os *powers* do momento, em Nova York: o Black Power, o Gay Power, o Women's Lib, o Power To The People Right Now e, sobretudo – e porque aqui residia a realidade do autor –, o Play Power. Enfim, "Alzira" atualizava-se com os movimentos do dia e entrava neles sem sutiã, de peito aberto, liberada, dando a maior força. E graças ao Play Power a peça continuava não levando nada disso a sério, indo com tudo para divertir sua intérprete, Yolanda Cardoso. E os aplausos do público certamente poriam abaixo as paredes do teatro. Abujamra adorou o resultado.

OPERETTE: Na manhã da partida de Abujamra tivemos, em seu quarto no *Hotel Diplomat,* um verdadeiro recital de bel-canto performado por Lita Granata.

La Granata, que também se hospedava no *Diplomat,* era uma cantora lírica brasileira do Rio Grande do Sul, dotada daquele bom humor próprio das *mezzo-sopranos.* Com uma inocência e uma luminosidade que vinham de seu interior vulcânico, La Granata nessa manhã usava uma peruca atrevidamente loira e sintética; rosto redondo, olhos vivíssimos, nariz delicado, boca de lábios grossos e sorriso aberto de dentes grandes e bem afilados; de compleição bem balanceada tipo gorda-violão, Lita Granata era generosa no decote, em que seios alegres e fartos saltitavam buliçosamente. La Granata estava com recital marcado para aqueles dias, no *City Hall,* que ela mesma alugara. As fantasias que ia usar no evento estavam sendo confeccionadas por seus amigos, bonecas do burlesco. Com isso, os seios de Lita transbordavam de segurança e excitação.

Abujamra recebeu-a contentíssimo: era tudo que ele precisava naquele momento, uma mulher pra fazer as suas malas. Abu deu uma saborosa cantada na bomba do bel-canto e Granata, sem se fazer de rogada, deixou rolar um recital de árias, de óperas e operetas, começando o show com "La Habanera", já dobrando as camisas de nosso debochado amigo. Abu e eu estávamos deslumbrados. A seguir, entrando de sola na "Traviata", ela soltou um agudo que tive a impressão que até as paredes se sentiram como que postas abaixo. Aplaudidíssima, Lita partiu para a arrumação da segunda mala, nos desbundando com alguns trechos da "Butterfly", chegando mesmo a arrancar algumas lágrimas dos meus olhos, na canção do adeus. Inegavelmente, Lita tinha dotes vocais. E, já no final da arrumação, enquanto ajeitava os sapatos na última das malas, Lita o fez como que insinuando-se, vestida de bela época, brindando a distinta platéia com um *pot-pourri* dos momentos mais hilariantes da "Viúva Alegre". Era a apoteose: as malas estavam prontas. E toca pro aeroporto. Na despedida, Abujamra me alertava: – Lembre-se que Nova York não é só Creusa Carvalho.

DOWN AND OUT: Abujamra viajou me deixando com apenas 40 dólares. Dois dias depois de sua partida eu já estava perigando, vivendo de *donuts*. Procurar emprego era idéia muito vaga, mesmo porque eu não estava com intenções de ficar em Nova York mais que mês e meio. E assim, só tendo a passagem de volta à Inglaterra e nenhum dinheiro, comecei a curtir a minha realidade e a compará-la à do mendigo da esquina da 23 com a Sétima. E tudo me levava a crer que não estávamos muito longe um do outro.

Como Nova York estava cheia de mendigos! Os mais agressivos que eu já tinha visto na vida. Bêbados ou não, agarravam as pessoas, olhavam-nas nos olhos e, vociferantes, obrigavam-nas a lhes dar o que elas não tinham, como era o meu caso. Havia um mendigo, o tal da esquina da 23 com a Sétima, que sempre me agarrava. Depois de dois dias, já um pouco mais treinado, bastava vê-lo vindo em minha direção pra eu ir logo berrando "FUCK OFF!" (NÃO FODE!). Um dia, em que não só a temperatura mas também minha moral estavam bem abaixo de zero, eu ia andando distraído quando senti alguém me agarrando pelo braço: era ele. Queria porque queria um *dime*. Baixei os olhos, deprimido. Ao fazê-lo, vi uma nota de cinco dólares aparecendo sob meu pé direito. O mendigo também viu. Mais que depressa apanhei a nota. Aí começamos uma discussão a respeito de quem devia ficar com a nota: se eu, porque ela fora achada sob o meu sapato, ou se ele, porque se ele não tivesse me segurado eu teria continuado meu caminho, passando pela nota sem vê-la. Comecei a ficar constrangido com o círculo de pessoas que foi se formando à nossa volta. Tive uma rápida presença de espírito e decidi repartir os cinco dólares com ele. Entrei numa farmácia e troquei a nota: dei dois dólares ao mendigo e fiquei com três. Afinal, éramos irmãos na miséria.

E não eram só os mendigos. A imprensa pintava Nova York como uma cidade violenta. A moda era revoltada e os pedestres empurravam-se uns aos outros e, quando acontecia algum esbarrão maior, descontrolavam-se em impropérios, ninguém se dando por vencido. Isso acontecia nos elevadores, nas ruas, no metrô. Nixon aparecia na televisão e dava a impressão de ter um profundo desprezo pelas pequenas coisas da vida. A América pensava grande e não havia pra todos. A América, em dezembro de 1970, não estava para românticos. E eu era um. As ruas mostravam-se enfeitadas para o Natal, com as maravilhas anunciadas na televisão, nos jornais, nas revistas, nos cartazes e nas vitrines. Eu gostava de ver vitrines e de entrar nas lojas, mas percebia, também, que *ser prático* era o nome do jogo. Tratei de sê-lo, não sofrendo por não poder comprar as luxúrias oferecidas pelas fantásticas maravilhas do comércio em progresso. E assim me postando, tudo que pintava era lucro. E escola. Me tranquei no *studio* e escrevi uma peça inteira: "Longe daqui aqui mesmo".

AS TIME GOES BY: Era uma tarde cinzenta de inverno bravo e eu estava no *studio*, deitado no sofá-cama, ouvindo "When I'm Dead And Gone" no rádio e tentando me concentrar na leitura de *Tristes trópicos* (que Mautner me impingira), quando o telefone chamou. Era Naná Sayanes, chegada do Brasil, onde fora passar as férias e visitar os pais em São Paulo.

– Vou passar três dias em Nova York – disse Naná.

– Onde você está hospedada? – perguntei, excitado.

– Aqui no *Chelsea*! – respondeu a amiga. Achei um luxo Naná estar no *Chelsea*. Combinamos encontro pra dali a cinco minutos. A alegria do nosso encontro, no saguão, chamou a atenção de um bando de *heads* que nos sorriram com simpatia. Quando passávamos por eles, Naná não resistiu e murmurou: – Que hotel bacaninha!

E saímos pra rua à procura de algum *small café*. No café grego, na esquina da 23 com a Oitava, enquanto bebíamos café-com-leite e saboreávamos bolo de chocolate, Naná matou parte da minha curiosidade sobre o momento brasileiro – o *milagre* Médici e suas primeiras conseqüências já desastrosas – e contou de sua próxima fase em Londres: trabalhar na BBC, nos programas em língua portuguesa, como editora de coisas das artes. Então Naná agora ia ter emprego fixo! Chocante.

Num outro dia (Naná já tinha ido pra Londres), voltando ao hotel depois de uma circulada, na esquina um dos *heads* que tínhamos visto no saguão, o loirão, fez um gesto pra que eu chegasse mais. Cheguei. Ele me deu um baseado bem caprichado e se apresentou: Larry. Mandou que eu aparecesse quando quisesse e deu o número de seu quarto. Meia hora depois eu batia na porta. Além de Larry, mais três rapazes se hospedavam no 418. Pete, Corin e Sandy. Formavam um quarteto do gênero *hippie* hirsuto montanhês, tipicamente americano. Quinze minutos depois eu já sabia que eram traficantes. Larry me confessou ter ficado apaixonado por aquela bonita moça que estava comigo e que, de repente, sumira. Quem era ela? Era minha garota? Daí tive que ficar falando horas da Naná pra ele. Larry, quanto mais eu contava, mais apaixonado parecia e já falava em ir procurá-la em Londres. Larry me parecia ser de boa família. Me convidou pra ir com ele comer peru na casa dos pais, em New Jersey, no dia de Ação de Graças. Só não fui porque estava sem dinheiro e me sentiria constrangido com Larry pagando a passagem e tudo só porque eu era amigo de Naná.

O *Chelsea* não é um hotel normal. Sem essa de cinco estrelas. O *Chelsea* é um hotel *hors-concours,* um solar de artistas, boêmios e excêntricos. Existe há quase cem anos e nele já viveram, ou passaram, gente como Mark Twain, O. Henry, Thomas Wolfe, Dylan Thomas, Sarah Bernhardt, Cartier-Bresson, Oppenheimer, Hart Crane, Brendan Behan, Vladimir Nabokov, Tennessee Williams, etc... Logo depois de se separar de Marilyn Monroe, Arthur Miller mudou-se para o *Chelsea*, onde viveu seis anos e escreveu "After the Fall". James Dean e Che Guevara também passaram pelo *Chelsea*, e foi nesse hotel que Andy Warhol rodou seu filme "Chelsea Girls", em 1966. Foi também aqui que Arthur C. Clarke escreveu *2001* e William Burroughs seu mais famoso livro, o *Naked Lunch*. Estrelas da música pop também aqui se hospedam e vi várias delas. Dizem que agora o hotel está decadente. Mas o *Chelsea* deve ter sido sempre decadente. Talvez seja esse seu charme.

Eu fazia minha cabeça no 418 e descia para o saguão. Jane Fonda entrava ou saía, sempre vestida de roupas de couro, blusão e quase-minissaia franjados, botas longas, só faltando o chapéu de vaqueira. Jane estava sempre acompanhada de uma senhora cinqüentona, baixinha e energética, olhos penetrantes e cabelo trançado feito índia. Podia ser a secretária da Jane ou representante de alguma tribo. Jane, cada dia mais politizada, vinha de defender os índios e começava, agora, a defender os Panteras Negras. Um grupo vistoso deles veio apanhá-la no hotel. Na mesma noite ela aparecia com eles na tevê no programa do Dick Cavett. E eu, assistindo ao programa na tevê colorida dos rapazes do 418, pensava: "Como este mundo é pequeno! Eu aqui em Nova York e a Jane Fonda hospedada no mesmo hotel e agora na tevê falando para toda a nação!" Agora só faltava eu subir no elevador com ela...

E isso aconteceu, no dia seguinte, quando, sentado no saguão, a vi entrando acompanhada de sua inseparável amiga. Corri e entrei no elevador com as duas. E não tirei os olhos da Jane. Ela, longe de sentir-se constrangida, sorriu-me, com aquele seu sorriso tão característico e cheio de ruguinhas nas laterais da boca. Elas desceram no nono andar e eu subi até o décimo-primeiro, onde ficava o meu *studio*. Assim que me vi só, constatei que uma moça bem-comportada deve ser assim como a Jane Fonda e andar sempre com uma senhora mais velha: todos respeitam.

Já com Teresa Rachel era diferente.

Muito pantera, cabelos negros e bastos, rosto de nariz personalíssimo, Teresa acabava de chegar da Europa e não queria perder nenhum dos eventos dos quais se falava. Andava sempre muito bem-vestida, em cores sóbrias e nada exagerada, a não ser, talvez, pelas jóias e pelo novo casaco de pele (mas aqui é preciso levar em conta o rigor do inverno). Apenas uma noite saí com ela, assim como apenas uma vez, à tarde, atravessei o Central Park. É que dezembro chegara, nevava, fazia um frio de trincar os ossos, além de não ser fácil caminhar sobre a neve empedrada nas calçadas. Sem contar que estava totalmente sem dinheiro. Mas Teresa, chegando na cidade e não me imaginando tão pobre, telefonava convidando-me para isso e aquilo. Sentindo-me acanhado para confessar a ela que estava duro, esforçava-me para inventar que já tinha compromisso, que estava escrevendo um livro (e estava, *este*); que tinha um jantar com a Joanne Potlitzer (e tinha!); ou então um encontro com Auggie de Carvalho (o que também podia ser verdade). Uma noite, me faltando imaginação para inventar qualquer outro compromisso, topei acompanhá-la a uma versão revolucionária de "Alice no país das maravilhas". Mautner emprestou-me alguns dólares e lá fomos nós – Teresa e eu – de braços dados. Os táxis, entrando ou saindo de mais uma greve, não apareciam no pedaço. Tiritávamos na esquina da 23 com a Sexta. Finalmente conseguimos um. E chegamos onde "Alice" se apresentava: nos fundos de uma igreja nas imediações de St. Mark's Place, perto de onde a Angela Davis estava presa. Mas – ai de nós! – a lotação estava esgotada e não dava para assistir nem de pé socados em algum cantinho, que fosse. Insisti, com uma senhora da produção, dizendo-lhe que Teresa Rachel era uma das cinco maiores atrizes do Brasil e tudo. A senhora lamentou não poder nos ajudar porque a lotação estava realmente esgotadérrima não só naquela mas também nas próximas quinze noites. Teresa, num *timing* de atriz que pensa rápido, lembrou-se que no *Café La Mama* estavam dando um espetáculo-compilação de textos de Lorca e outros excertos sobre tortura, guerra e liberdade. E toca ir pro *La Mama*. Esgotadíssima, também, a lotação. Por milagre ou coincidência, o ator principal era Peter Lake, que Teresa e eu sabíamos tratar-se de um brasileiro de tradicional família carioca, agora espetacularmente *incógnito,* fazendo o circuito *off-Broadway*. Mandamos um recado ao camarim dizendo que éramos nós e que queríamos assistir à peça. Fomos postos para dentro. O pequeno saguão do *La Mama* estava abarrotado e corriam rumores que Ellen Stewart (é ela *La Mama)* estava tensa aguardando a chegada de Grotowsky para a récita dessa noite. Mas Grotowsky não veio e o espetáculo começou. Tratava-se de teatro experimental e, talvez por isso, não havia lugares para o público sentar: a sala de espetáculo inteira servia de palco. O cenário, realista, representava um depósito de lixo (com lixo de verdade, mau cheiro e tudo). Não era nada cômodo e Teresa, ainda mais que eu, bem-vestida daquele jeito, mostrava-se inquieta. Já nos cinco minutos iniciais, Peter Lake aparecia inteiramente nu, no papel de um imperador debochado, de pé sobre uma bandeja alegórica, transportada nos ombros por seis escravos musculosos que eram chicoteados por um feitor. Cínica, Teresa comentou:

– Depois de cinco minutos, já se viu tudo!

Mas ficamos até o fim. No meio da tortura jurei a mim mesmo não ir mais a teatro pelo menos nos próximos seis meses. Depois do espetáculo fomos jantar com Peter Lake em um restaurante ali perto, freqüentado pela classe teatral *off-Broadway.*

MEU SANGUE POR UM HOT-DOG: Um dia, deitado no sofá-cama do *studio* e passando os olhos nos classificados do *Voice,* vi um anúncio... Recortei-o, tomei um banho, vesti minha roupa mais decente, desci, peguei o metrô e fui ao edifício de número 630, na Broadway, onde na Universal Biological vendi 15 dólares do meu sangue pra poder comer dois sanduíches. Era, dramatizando o texto, o máximo em miséria: vender o próprio sangue pra não morrer de fome. Comi dois bons hambúrgueres. E, já que estava de estômago forrado e ali na Broadway mesmo, caminhei até a Quinta Avenida onde, na sucursal da revista *Manchete,* apresentei-me ao Lucas Mendes. Lucas, gentilíssimo, sugeriu que eu fizesse uma pauta dos assuntos que gostaria de reportar em Nova York. Anotei: uma entrevista com a Jane Fonda; uma matéria mostrando Teresa Rachel em vários pontos turísticos da cidade; e um trabalho enfocando o *boom* de jovens brasileiros trabalhando como garçons e garçonetes nos restaurantes de Manhattan.

Lucas Mendes aprovou a entrevista com Jane Fonda e a matéria sobre o *boom* dos brasileiros jovens na cidade. Para começar. E saí para o trabalho. Jane Fonda já tinha ido embora do *Chelsea.* Comecei entrevistando os garçons e as garçonetes. Ruth Mautner, por exemplo, trabalhava em um restaurante mexicano no Village; Auggie de Carvalho, no *Casa Brasil,* restaurante típico brasileiro, *uptown,* freqüentado por gente do gabarito de Jackie Kennedy, Joan Crawford e Juscelino Kubitschek; Creusa Carvalho trabalhava num restaurante "pseudofrancês", segundo suas próprias palavras, na rua 88; e muitos outros, moças e rapazes, conhecidos e desconhecidos. Daí o fotógrafo da *Manchete* fotografou todos eles, chiquíssimos: Ruth Mautner em sua suíte no *Chelsea,* com o gato no colo e cercada das obras de arte das quais já falei; Creusa Carvalho, paginada de *Susan Hayward,* no seu *loft,* na Bleecker Street; e, ali mesmo na Bleecker, os dois mineiros que trabalhavam no *Village Gate* (nessa noite tocava o Bill Evans); Auggie, no seu grande apartamento, em Riverside Drive; e os mais simplesinhos, em seus locais de trabalho. A maioria dessa moçada era gente de boa família e de nível universitário. Estavam em Nova York porque eram pessoas vivíssimas que curtiam estar onde as coisas estavam acontecendo. E depois, as gorjetas eram ótimas, dava pra viver bem, vestir bem, juntar muitos dólares e viajar, que era o que a maioria queria. Modernos e sofisticados a seu modo, falavam com entusiasmo da movimentação política da cidade. Creusa e Ruth eram meio que feministas, meio que sibaritas, assim como Auggie, que transava moda; quanto aos outros, os dois mineiros do *Village Gate,* por exemplo, tinham dois empregos, trabalhavam 14 horas diárias, não gostavam de Nova York (para eles tratava-se de uma cidade cruel, violenta e de muita solidão) e estavam ali para juntar os dólares necessários para um dia, de volta ao Brasil, abrirem restaurantes em suas cidades, nos cafundós-do-judas.

VACAS GORDAS: Terminei a matéria e fui à *Manchete.* Lucas Mendes fez uma expressão simpática de santa tolerância quando lhe entreguei 24 laudas (ele me pedira 10 laudas, só). Sorriu e disse pra eu não me assustar que, chegando à redação, no Rio, a matéria seria certamente condensada. E disse também pra eu aparecer sempre que tivesse idéias, sugestões ou mesmo pura e simples vontade de aparecer por lá. Ah, como é bom trabalhar em Nova York!, pensei, despedindo-me do Lucas.

Passei no caixa e recebi 100 dólares. Desci e fui à Varig ler os jornais do Rio e de São Paulo, para saber as notícias do Brasil. No *Jornal do Brasil* li que a minha peça "Alzira Power" estava em ensaios, com estréia marcada para princípio de janeiro. Maravilha! Já podia telefonar a cobrar amanhã mesmo à Sociedade Brasileira de Autores Teatrais pedindo 300 dólares adiantados ao Sr. Djalma Bittencourt. E voltar à Inglaterra, que Nova York era pra Leão e o meu signo, Touro, tido como prático, pedia pastagens mais amenas.

E assim, sentindo-me salvo e com os 100 dólares da *Manchete* no bolso, não resisti à tentação e comprei uma filmadora *Super-8* tipo ordinária, por 50 dólares. E, fazendo uma tarde linda, a neve derretida, e na memória a canção "On a clear day you can see forever", saí ziguezagueando e filmando ruas e avenidas como se a vida fosse isso mesmo: pessoas coloridas em roupas invernais; crianças e adultos patinando na pista de gelo do *Rockfeller Center;* moças sofisticadas fazendo compras na Quinta (e como elas são elegantes e andam ligeiro!); e, ao cair da noite, letreiros luminosos e fachadas de teatros; e a caminhada até o meu *studio* no *Chelsea.* Afinal, estava de passagem pela cidade e era preciso levar um *recuerdo* daquele instante histórico, nem que registrado em três minutos de *Super-8,* lembrança que certamente acabaria perdendo pelo caminho.

THE DREAM IS OVER: Alguns dias depois estava eu sentado no saguão do hotel, lendo o jornal *Rolling Stone* com a famosa entrevista em que John Lennon dizia que o sonho acabara, quando um deslocamento de ar me tirou os olhos do jornal para ver o que ocorria. Era Teresa Rachel irrompendo intempestivamente saguão adentro, seguida de três jovens senhores muito bem trajados, de aspecto *gay-diplomático*. Ouvindo Teresa pedindo a chave do apartamento ao moço da recepção, notei, pelo tom de voz, que ela estava muito contente.

Nem bem Teresa e seus três admiradores tomaram o elevador, resolvi subir ao 418. Os rapazes tinham acabado de receber dois caixotes de maconha da Jamaica. Corin me estendeu um baseado. Daí a pouco chegou Jimmy, um garotão espigado que Pete apresentou-me como sendo fotógrafo da revista *Time*. Jimmy, amigo dos garotos, estava ali para fazer a *cabeça* antes de sair para fazer uma cobertura. Minutos depois ele deixava o quarto, eufórico e de cabeça feita.

Os rapagões do 418 estavam com tudo em cima: quilos de fumo jamaicano, o melhor haxixe paquistanês, uma gaveta cheia de LSD-25 em pingos gelatinosos e 250 gramas de cocaína.

– Pegue alguns, Bivar – ofereceu Pete, me vendo fascinado com a gaveta de LSD. Peguei dois. Pra mim e pra Creusa. Nisso bateram na porta. Era uma mulher quarentona, chique e vamp. Bem-apresentada, bom jogo de cintura, pernas bem-torneadas, trajando uma roupa noturna, e acompanhada de um garotão que tanto podia ser seu filho como seu amante. Deduzi que a vistosa dama só podia ser uma traficante da alta. E era. Conversaram lá entre eles e em seguida Corin contou 100 pingos de LSD, pesou meio quilo de maconha, 50 gramas de cocaína e separou metade do haxixe paquistanês. A mulher acompanhou tudo sem pestanejar, preencheu um cheque, destacou-o e passou pro Corin, enquanto o garotão guardava a muamba em uma pequena mala de etiqueta *YSL*. A vamp pegou o casaco de pele, ajeitou o chapéu, deu um *bye-bye* geral e saiu com o garotão carregando a maleta.

Deixei o 418 e fui à suíte dos Mautner. Ruth contou-me que Pamela, chegada de Londres, trouxera de lá um envelope pra mim.

LOVELY LETTERS: O envelope pardo chegado da Inglaterra trazia sete cartas dos meus amigos de Salisbury. Era a resposta deles àquela que eu lhes escrevera, de Londres, depois de ter saído de lá sem me despedir. Nas cartas eles diziam que assim que leram a minha todos tiveram a mesma reação: quando é que eu voltava? Diziam também que minha carta os deixara deprimidos e ao mesmo tempo os divertira imensamente. Diziam que nunca uma ausência fora tão lamentada; que eu já fazia parte da casa e tudo. A carta de Bruce Garrard era a maior. Bruce contava tudo, desde o cotidiano da casa até a batida da polícia, no festejo de *Guy Fawkes,* quando John Atkins foi preso (e depois solto, sob fiança) por estar de posse de um pouco de haxixe. Bruce contava também de seu trabalho noturno na fábrica de parafusos e do relacionamento, meio sem saída, entre patrão e empregados. David Hayward, Julie, Roger, Anthony Chivers, John Atkins, cada um escreveu uma carta. "Mantenha o queixo erguido e volte" (Keep yer chin up and come back), escreveu Don.

ADEUS, NOVA YORK: O aviso dos 300 dólares que a SBAT me mandou do Rio chegou logo depois do Natal. Deu um treco na minha imaginação e troquei a passagem de volta a Londres por uma de ida até Dublin. Por que não dar uma esticada à Irlanda do Sul?, pensei. Afinal, era a terra de Oscar Wilde, Bernard Shaw, Sean O'Casey, W. B. Yeats, Synge, Joyce, Beckett e Brendan Behan, todos eles escritores consagrados e dois ou três deles meus favoritos. A idéia de ir passar o Ano-Novo em Dublin, sozinho-da-silva, era uma idéia um tanto maluca mas bastante estimulante. Fui à agência da *Irish Aer Lingus,* na Quinta Avenida, e marquei o vôo para a noite de 29 de dezembro. Na manhã de 30 estaria batendo calçada em Dublin.

E assim dava o meu adeus a Manhattan. Os rapazes do 418 me presentearam com um pouco da maconha da Jamaica e um LSD. E Larry pediu-me que levasse para Naná uma mescalina especial. Quando fui me despedir de Ruth e Jorge Mautner e agradecer a meus amigos pela boa temporada no *Chelsea Hotel,* lamentando termos passado tão pouco tempo juntos (uma vez que todos estávamos ocupados em interesses diversos), Ruth disse que tinha acabado de chegar um cartão-postal para mim. Era de José Vicente. Na frente, uma reprodução do óleo "Os Dois Viajantes", de Jack Yeats. No verso, José escrevera:

"Bivar, criança:
Estou vivendo em Paris, mas vim passar uma semana em Londres. Hoje saí e fui à Tate Gallery e te encontrei lá. Tenho te encontrado em vários lugares de Londres. Em lugares onde não fomos juntos e nos outros. Stanley Kubrick nos chamou para seu filme, que se chama "A Clockwork Orange"; mas como as nossas cenas foram rodadas no fim de novembro e em começo de dezembro, perdemos a chance: você, de ser uma nova Bengell, e eu, de ser uma outra Florinda Bolkan. Como os dois viajantes da pintura, um dia talvez, não sei quando, a gente vai largar o sangue que está atrás e vamos juntos pro beco da gasolina, que é do lado de fora. Eu te amo. Zé."

E lá fui eu, pra Irlanda.

CAPÍTULO 12

Ano-Novo em Dublin

O fato de estar agora na Irlanda não significa que vá escrever sobre a guerra entre católicos e protestantes, guerra que vem de longe e que tem sido uma tragédia interminável. Não. Peço ao distinto leitor desculpa por não fazê-lo, adiantando-lhe que ambos sairemos lucrando com isso. A mim será poupado o vexame de meter-me num assunto que, segundo ouvi dizer, nem os próprios irlandeses entendem muito bem. Ao leitor será poupada a pior das torturas: a tortura *didática.* Mesmo porque a guerra está acontecendo lá em Belfast, que fica na Irlanda do Norte e que é dominada pela Inglaterra, enquanto estou mesmo é bem mais embaixo, em Dublin, na Irlanda do Sul que, dizem, é independente. Sem contar que desta ilha, em termos de história, eu nada sei. Para mim, Dublin é um terreno neutro. Estou aqui por estar, respirando por respirar, talvez pra me *oxigenar* um pouco, depois de Nova York.

Pensando bem, a excitação começou antes da chegada, ainda no jato da *Irish Aer Lingus,* quando notei que os irlandeses falam pelos cotovelos e bebem como nenhum outro povo (dos que tenho conhecido). Caí na besteira de contar que sou escritor ao sujeito simpático que sentava ao meu lado (depois dele ter me perguntado o que é que eu faço). Tal deslize de minha parte fez com que, no instante seguinte, o avião inteiro passasse a me tratar como se eu fosse o próximo gênio. Não com reverência, é claro, mas me desafiando a prová-lo. E eu, despreparado, desavisado (nem sequer lera o monólogo de *Molly Bloom)* e, portanto, desconcertado, fiquei sem saber como me portar à altura do pícaro que esperavam de mim. Constatei, de súbito, que os irlandeses são simples mas rudes, simpáticos mas *sarristas.* Tanto que, assim que pisei terra firme e me vi livre dos companheiros de vôo, fui tratando de me controlar e não desfraldar nenhuma bandeira.

Do aeroporto até o centro de Dublin vim de ônibus para economizar. E, em vez de procurar um hotel de segunda, rodei as ruas centrais em busca de uma pensão de quinta, dessas que dormem muitas pessoas num só quarto. Supunha que assim procedendo, além de economizar, podia conhecer alguns tipos populares e ficar sabendo o que o irlandês comum pensa da vida.

Passando pela Talbot Street avistei uma hospedaria de fachada modesta mas charmosa: *The Pillar*. Abaixo do nome estava escrito "Cama e café da manhã. Conforto, calor e limpeza".

Entrei e aqui estou. Existem duas camas de solteiro no quarto. Uma delas é a minha e a outra, até agora, não tem ocupante. Minhas mãos estão endurecidas pelo frio e escrevo não sem dificuldade. O "calor" prometido na fachada ficou na promessa: não existe aquecedor no quarto. Mas só o fato de estar em Dublin pra mim já está ótimo.

DOIS DIAS DEPOIS: Segundo me informou uma das três moças da cozinha, Dublin não chega a ter um milhão de habitantes. Ontem, 31 de dezembro, o centro da cidade estava cheio de gente, de todas as idades. Famílias inteiras. O último dia do ano é o dia em que os preços caem cinqüenta por cento e todos vão às compras. É um grande acontecimento. Do interior chegam milhares de pessoas. Por causa dessa grande liquidação as lojas ficam abertas até as onze da noite. Foi a primeira vez que vi o comércio funcionando até tão tarde, no dia da passagem de ano. Notei que, em sua maioria, os irlandeses são de compleição atarracada. Usam roupas folgadas em cores escuras ou neutras. Às vezes, se vê um xadrez menos discreto. O visual da cidade também é antiquado, meio que estagnado no tempo. Miséria, muita, na rua não vi. O que vi foi uma certa simplicidade de pobreza resignada. Mas existe na atmosfera uma vibração humana, inocente e pura, que conquistou instantaneamente a minha simpatia.

Depois que o comércio fechou as portas ainda ficou bastante gente alegre nas ruas andando pra lá e pra cá. A neve ora caía ora cessava, ternamente. Minha atenção seguiu um bando de mocinhas que passavam cantando conhecidos hinos católicos. Atrás delas um bando de rapazes desafiando-as entoando "Ó vinde adoremos, ó vinde adoremos". Notei também que as pessoas curtem muito cantar nas ruas. Um casal de namorados passando, aos beijos e abraços amorosos, na calçada de lá. Na calçada de cá, quatro moças, despeitadas por estarem sem namorados na passagem do ano, provocavam ironicamente o casal, cantando "Sweetheart, Sweetheart", sucesso antiqüíssimo da dupla Jeanette MacDonald & Nelson Eddy. O espírito de provocação, em Dublin, me parece realmente forte. O jovem casal respondia à provocação com beijos e abraços ainda mais excitantes.

De tanto observar os outros demorei a perceber estar sendo observado. Repentinamente comecei a reparar que algumas pessoas me olhavam com pesar, por eu estar sozinho, sem namorada, sem amigos, sem família. Passavam famílias, passavam grupos, turmas, bandos, namorados, moças, rapazes alegres, bêbados e mais bêbados e MAIS bêbados. Passava era gente, mas ninguém, absolutamente ninguém, sozinho. Só eu. Curioso!, pensei.

Depois que passou todo mundo, comecei a refletir sobre o sentido exato da palavra solidão. Olhei para um relógio de rua e vi que faltavam apenas dois minutos para a meia-noite. Experimentei um bem-estar, uma sensação muito agradável... Não me senti nem um pouco só. Me senti inteiro e feliz. E de bem com o universo. Vivo, saudável, livre e em paz. Foi então que percebi estar sendo observado. Olhei e vi que eram dois rapazinhos proletários. Um deles me olhava com tamanha compaixão, que de seus olhos as lágrimas rolavam. Nesse instante começaram as badaladas da meia-noite. Estávamos em 1971. O garoto das lágrimas adiantou-se e, apertando fortemente minha mão (senti a dele calejada), disse:

– Faço votos que neste ano você consiga tudo que deseja! Que você tenha um ano-novo muito, MUITO FELIZ!

Fiquei tão emocionado que lhe desejei, também do fundo do coração, a ele e ao amigo, por telepatia, porque a essa altura eu já estava sem palavras (por causa de um nó na garganta), o dobro.

E assim, felizes pelos bons votos, nos despedimos. Eu podia ter ido com eles, mas uma força maior me mandava seguir só. Segui andando pela O'Connel Street até me perder nas ruelas transversais. Parei numa esquina e, com os olhos voltados para o céu e o rosto receptivo à maciez da boa neve, desejei, de alma, um Feliz Ano-Novo a todos aqueles a quem eu só queria o bem e que foram desfilando pela minha memória: meus pais, irmãos, parentes, amigos (antigos e novos), conhecidos, desconhecidos, e até mesmo pessoas com quem troquei apenas algumas palavras mas que ficaram na boa lembrança, assim como aos que, sem culpa, eu tinha esquecido; não me esquecendo porém, agora, daqueles que, sem que eu soubesse, talvez pudesse lhes ter causado algum mal e que talvez nem gostassem de mim... E não exatamente nessa ordem, mas logicamente incluídos... os pequenos e grandes amores particulares, amores que eu nem sabia que amava tanto, enfim, desejei o BEM a toda a raça humana, estendendo o bom augúrio inclusive àqueles que eu mal tolerava (os vilões antipáticos, os exploradores do povo; talvez com o tempo mudassem, se corrigissem; mas também desejei que a Justiça viesse e se fizesse implacável, na Terra); assim como às coisas e aos espíritos...

A sensação era a de que desejando bem ao planeta e ao universo eu ficaria ótimo comigo mesmo. Finalmente, como bom menino, me dei o direito de fazer ainda um pedido a Deus: que num futuro qualquer eu tivesse a chance de passar um outro Ano-Novo nessa gostosa solidão, talvez em Reykjavik, na Islândia.

E voltei para a O'Connel Street. Estava com fome. Havia três *pubs* abertos mas me faltou coragem pra entrar neles. Estavam superlotados e eu, apesar de todo o infinito amor pela humanidade, estava muito introspectivo e sóbrio e podia acabar sendo alvo do sarro de toda aquela gente beberrona. Comi um hambúrguer e bebi uma Coca-Cola no carrinho da esquina. E, como um rapaz bem-comportado, fui dormir.

Entrei no meu quarto e vi que havia uma mala ao lado da outra cama. Imaginei que o dono devia estar fora comemorando. Deitei-me. A falta de aquecedor tornava o frio do quarto mais intenso que o da rua. Por volta das quatro da manhã alguém acendeu a luz. Achando que fosse o dono da mala, continuei dormindo. Mas o irlandês, muito agitado, fez todos os ruídos possíveis para me arrancar do meu sonho. Inclusive *peidou* alto. Abri os olhos, claro. Era um soldado. E estava a fim de conversar. Muito enérgico, pediu desculpa por ter me acordado. Se apresentou, conversou e contou que andara pela China, pela Índia, pela África... sempre com o exército irlandês.

– Eu não sabia que o exército irlandês viajava tanto! – exclamei, surpreso.

– Viaja muito. Só não esteve no Brasil. Mas ouvi dizer que os brasileiros gostam muito de Brasília e têm muito orgulho da nova capital.

– Isso é verdade – concordei.

– Menos os que têm que viver lá – arrematou o soldado, jogando com um humor que faz parte do típico irlandês. A seguir, tirou a roupa, pôs o pijama, apagou a luz e se enfiou na sua cama. Ficamos conversando ainda um bom tempo, no escuro. Antes de nos apagarmos, a convite dele, combinamos sair pra beber, na manhã seguinte.

MANHÃ SEGUINTE: Dean levou-me a um *pub* e acabei bebendo quase tanto quanto ele. Cerveja. Dean ensinou-me também algumas palavras em irlandês. Com ele aprendi que "Cara" é amigo e "Garda", polícia. Achei tão parecido com o português!

O NOVO COMPANHEIRO DE QUARTO: Dean partiu com a tropa e meu novo companheiro de quarto é Charles Vaughan, 19 anos, bancário. Ele usa uma medalha do Sagrado

Coração de Jesus na lapela do paletó azul-marinho. Objetivo, mal chegou foi reclamar, com as moças, da falta de aquecedor. Cinco minutos depois elas providenciaram um. E assim, com aquecedor no quarto, meus dias em Dublin ficaram menos frios.

Charles Vaughan trabalha no banco das nove da manhã às nove da noite. Diz que gosta de fazer hora extra. Disse também que sua meta é ser diretor do banco, na filial de sua cidade no condado de Cork, onde o espera a namorada. Convidei-o para assistir "Fim de jogo", de Samuel Beckett, que está dando num teatrinho experimental. Charles topou e combinamos pra amanhã à noite.

UMA NOITE NO CINEMA: Passo parte das tardes na cozinha da hospedaria conversando com as três garotas, enquanto tomamos chá. São simpáticas mas um tanto céticas. A cozinha é enfumaçada e engordurada por causa das frituras de ovos com *bacon*. Uma das moças tem a mania de ironizar o que digo, repetindo criticamente minha última fala e lançando olhares cúmplices às outras duas. Tenho a impressão que elas me acham um tipo meio absurdo. Desconfio que riem de mim quando saio da cozinha. Elas não gostam do Samuel Beckett: – Ele é chato – disse uma, quando falei que tinha que sair para comprar os ingressos para "Fim de jogo". Elas gostam é do Brendan Behan, o Plínio Marcos daqui. Behan, morto prematuramente há alguns anos, continua vivíssimo na memória dos dublinenses. Foi o último grande dramaturgo irlandês; poeta, novelista, misto de herói e mártir, beberrão e desbocado, anos de prisão, socialista-anarquista, habituê da boêmia e do submundo local, com uma obra irregular mas muito comunicativa e popular.

O teatrinho onde "Fim de jogo" está sendo levado tem apenas cinqüenta lugares, e na bilheteria me informaram que a lotação está esgotada e essa é a última apresentação. Pena. Como ainda faltavam muitas horas pro Charles Vaughan voltar do banco, fiquei zanzando pelas ruas. Passando pela porta do famosíssimo *Abbey Theatre* vi um cartaz anunciando a próxima peça, "Volta ao lar", de Harold Pinter, finalmente liberada pela censura irlandesa. Já tinha visto a peça no Rio, com a Fernanda Montenegro.

Eu olhava o cartaz de "Volta ao lar" e pensava, "poxa!", quando um garoto duns 12 anos, me vendo ali parado, perguntou se eu queria assistir ao ensaio da peça com ele, escondido no balcão. – Claro! – respondi. O moleque conduziu-me por uma escada, sem que ninguém nos visse e, no escuro do balcão, assistimos ao ensaio. Contando-me que fazia isso todos os dias, o garoto vibrava com os palavrões e a amoralidade de Pinter, e exclamava, excitado: – Que peça *sexy*!

Charles Vaughan chegou do banco e quando lhe contei que não dava para assistir a "Fim de jogo", ele ficou entusiasmadíssimo e falou:

– Então eu convido você para um cinema. Está passando um filme muito bom, "Ana dos mil dias". O pessoal do Banco assistiu e todos gostaram. A sessão começa às dez.

Charles tomou banho e trocou de roupa. Elogiei seu pulôver e o casquete xadrez que ele pôs na cabeça quando íamos deixando o quarto. Na saída da hospedaria as três garotas riram da gente.

Charles fez questão de pagar os ingressos e as guloseimas. E estava adorando o filme. A todo instante ele me dava cotoveladas, exclamando – Olha! Olha! – por tudo que acontecia na tela, desde uma cena engraçada à mais pérfida. Podia-se fumar no cinema e fumamos o tempo todo. Charles me oferecia um *Mayor* (sua marca de cigarro) atrás do outro. Fumava e roía as unhas, torcendo pela Ana Bolena. E estalava os dedos, se agitava, pulava na poltrona, esperando de mim a mesma participação da torcida, etc., a tal ponto que achei mais interessante parar de olhar pra tela e ficar assistindo às reações dele. Quando o filme acabou ele elogiou o trabalho dos atores e perguntou se eu tinha gostado. – Amei! – respondi, para não desapontá-lo.

WICKLOW WEEP FOR ME: Depois do desjejum Charles Vaughan foi trabalhar no banco e eu, por sugestão dele, fui, de ônibus, conhecer Wicklow. Apesar do inverno, tudo estava verde no campo irlandês. Mil flores pelo caminho. Uma paisagem de paz e serenidade. Mas não acontecia nada em Wicklow e fiquei vagando pra cima e pra baixo, dentro e fora da cidade, filmando com a minha *Super-8*. Igrejas católicas no alto das colinas, uma adolescente de muleta (vítima da poliomielite), crianças jogando bola no pátio atrás de uma igreja, e o mar, o mar, ao longe, entre dois montes.

Por causa do frio e da neve, passei grande parte do dia enfiado num café, onde uma senhora muito gentil me contou que na véspera havia falecido uma certa Baronesa Tolstói, parenta do Leon. Parece que a tal baronesa recebia um pessoal meio esquisito nos seus ricos domínios, fora da cidade. Nevava e, entre um gole de chá e uma garfada de torta de maçã, passei um tempo escrevendo mensagens em cartões-postais. Em especial, um para o ator Paulo Villaça. Por causa da Baronesa Tolstói. A neve cessou e fui ao correio enviar os postais. Ajudei uma velhinha a carregar seus sacos de mantimentos até um ponto de ônibus. Ela me contou que vivia a meio caminho entre Wicklow e Dublin. Seu ônibus chegou e também embarquei nele de volta a Dublin.

Charles Vaughan quis saber o que eu tinha achado de Wicklow.

– Amei! – respondi. E amei mesmo.

UMA NOITE NO ABBEY THEATRE: Não podia passar por Dublin sem assistir a uma peça no lendário *Abbey*. Convidei Charles Vaughan e fomos ver "O arado e as estrelas", de Sean O'Casey. Um espetáculo perfeito, em termos de realismo irlandês: a cortina branca rendada na janela da casinha do cenário era igualzinha às cortinas de todas as janelas de Dublin. Houve um momento na peça em que um bando de crianças atravessou correndo o palco, fugindo de um velho corcunda resmungão, de vara na mão, puto com a molecada. As crianças que da platéia assistiam à cena vibraram. Parecia-me que, tanto na platéia como no palco, todos se conheciam. Dublin, uma cidade realmente família.

De volta do teatro, no quarto, eu disse ao Charles que no dia seguinte ia pra Inglaterra. – Tão logo assim?! – ele exclamou, desapontado com a minha pressa. Desculpei-me dizendo que tinha coisas importantes a fazer lá. Charles me deu seu endereço em Cork e disse que, se eu quisesse, podia ir passar o verão lá, na casa de sua família.

ADEUS DUBLINENSES: As três moças da hospedaria também mostraram-se espantadas com a minha rápida decisão de partir. Mas como o barco só saía à noite, eu ainda tive um dia inteiro para ver um pouco mais da cidade. Fui ao *Trinity College,* onde Oscar Wilde, Bernie Shaw e tantos outros famosos estudaram, e lá encontrei um rapaz alemão, repórter, na cidade como correspondente de um jornal de sua terra. Confessando-se entediado com a falta de acontecimentos em Dublin, perguntei-lhe por que não ia a Belfast. Ele respondeu que lá já estava cheio de correspondentes alemães e que havia muita competição entre eles. Enfim, pensei, ninguém está satisfeito. Só, de novo, andei pelas ruas e senti uma grande ternura pelos pequenos jornaleiros. Com idades entre seis e oito anos, sob a neve, bochechas vermelhas por causa do frio, gorros de lã na cabeça, luvas gastas nas mãozinhas novas, nariz escorrendo, jornais debaixo do braço, correndo, atravessando as ruas, trabalhando feito gente grande e acreditando no trabalho, precisando do dinheiro, tenros e abençoados filhos de Deus, esses meninos permanecem na minha lembrança como uma das imagens mais comoventes de Dublin.

CAPÍTULO 13

Volta ao lar

Eram dez horas da noite quando o barco zarpou do cais em Dublin carregado de proletários. Para esquecer o desconforto dos bancos duros, do inverno e da vida, eles riam, bebiam, cantavam e apostavam quem vomitava mais. Eu estava contente por voltar à Inglaterra. O barco atracou em Liverpool antes do amanhecer. Na saída enfiei-me entre os irlandeses e fiquei surpreso por não ver alfândega e por ninguém me pedir o passaporte. Senti-me como um filho pródigo que volta pra casa meio que entrando escondido pelo seu quintal. Na estação ferroviária me informaram que a primeira partida para Londres demorava hora e meia. Deixei a mochila no bagageiro, levantei o capuz da japona e fui andar pelas calçadas de uma Liverpool sombriamente iluminada. Ninguém nas ruas. Passou o furgão do leiteiro e algum tempo depois o do padeiro. Uma vez nas ruas de Liverpool, nada mais natural que ficar imaginando os Beatles ainda meninotes crescendo por ali. Me perguntei também se estaria ainda de pé a casa onde nascera William Walpp, meu tataravô, que, no século XIX, jovem e solteiro, deixara Liverpool pela aventura da fortuna no Brasil, estabelecendo-se como fabricante de navios em São João da Barra, Estado do Rio, onde conhecera e casara com minha tataravó, Clarinda Dias.

Se o homem tem mesmo raízes, pensei, parte das minhas estavam em Liverpool. Que coincidência! Isso nunca me ocorrera. Foi preciso estar ali. Mas não tive tempo de dar asas a esse tipo de imaginação porque começava a nevar e o trem já devia estar quase de saída. Comprei a passagem, peguei a mochila e entrei no vagão...

A Inglaterra estava toda coberta de neve. Fazendas entre cidades e vilarejos, vales, montes de feno protegidos com encerados, chaminés soltando fumaça: o dia amanhecia...

E Londres, finalmente. Fui pra casa de Gilberto em Notting Hill e Sandra me contou que Naná Sayanes tinha um quarto vago em seu apartamento, logo ali, virando o quarteirão, na Elgin Crescent.

DU CÔTÉ DE CHEZ NANA: Manhã ensolarada de inverno, dois ou três dias depois. Naná trabalha na BBC e o jovem casal americano foi fazer turismo por Londres. Barbara e Jody são de Chicago, Illinois, e amigos de David Linger que, segundo Naná, faz um mês que saiu dizendo que ia outra vez pra Rússia.

Barbara é uma bonita morena de olhos enormes, sempre entediada. Jody, embora cético, diverte-se fazendo o tipo gozador. Acho que o tédio de Barbara vem daí. O casal chegou de uma longa viagem por Israel, Egito, Marrocos e parte da Europa.

Tendo nessa manhã apenas Benjamin – o gato preto de Naná – por companhia, lembrei-me de ligar para Andrew Lovelock, que me dera seu telefone ao se mudar de Salisbury para Londres há uns três meses. Disquei e o diálogo foi mais ou menos assim:

– Sim? – atendeu uma voz de garota.

– Andrew Lovelock está? – perguntei.

– Andy não mora mais aqui. Quem quer falar com ele? – perguntou a doce voz.

– Sou amigo dele, acho que você não me conhece – respondi.

Ela perguntou meu nome e depois de ouvi-lo soltou várias exclamações que, feito setas de puro encantamento, atingiram diretamente a minha imaginação.

– Oh Bivar! Já ouvi *muito* de você! Também sou de Salisbury!

– Qual é seu nome? – perguntei.

– Trip – respondeu ela.

– Trip de *trip*? – perguntei, me sentindo um tanto confuso.

– Trip de *trip* – respondeu ela, rindo.

– Que engraçado! Não conhecia ninguém com esse nome! – falei.

– Meu nome é Patrícia, mas...

– Ah!... – fiz.

– Você quer ver Andy Lovelock? – perguntou Trip. – Ele está morando em Notting Hill.

– Que coincidência! Eu também estou em Notting Hill!... – falei.

– Então me dê seu endereço que amanhã depois da aula passo aí pra conhecer você e depois vamos ver Andy.

– Que simpático! Que horas? – perguntei.

– Por volta das quatro, você vai estar em casa?

– Estarei esperando você, Trip.

A VISITA DE TRIP E A ATMOSFERA DA CASA: No dia seguinte, excitado porque ia conhecer a Trip, tomei um demorado banho de imersão. Depois, enquanto secava os cabelos com o secador de Naná, fui raspando a barba de dez meses. Minha cara ficou, no mínimo, dez anos mais moça. Me senti até belo, parecido com uma figura de pintura renascentista. Vesti roupa limpa e fiquei esperando a chegada dela. Ela chegou. Intimidei-me. Bonita feito moça pré-rafaelita da pintura de Burne-Jones, Trip vestia um casaco de veludo acetinado cor de vinho, longo até o chão. Elogiei sua roupa e ela, sem temer o frio, abriu o casaco para mostrar que, debaixo dele, vestia apenas uma blusa de algodão leve e transparente. Não usava sutiã. Fiquei um tanto surpreso com sua desinibição, mas dissimulei o impacto fazendo uma expressão de quem acha tudo natural. Conversamos, falamos disso e daquilo e, depois de consultar a coleção de discos de Naná, Trip escolheu para tocar o novo George Harrison, "All Things Must Pass". E fomos pra cozinha fazer um chá. Meu coração quase disparou quando percebi que Trip estava me namorando. Mas continuei fazendo expressão de achar tudo natural. Na verdade ela era inglesa, linda e jovem demais para mim. Trip não dava importância a esses detalhes. Enquanto a água fervia, falamos de Salisbury e de nossos amigos comuns.

De volta à sala, enquanto sorvíamos o aromático *Darjeeling,* ela me contou sua idade, 17 anos. Adora crianças e estuda para professora. Abriu a bolsa para me mostrar suas coisas e encontrou uma latinha dentro da qual tinha um pedaço de haxixe. – É o melhor haxixe do mundo – garantiu Trip, me passando a pedra.

Preparei um cigarro caprichado e Trip elogiou meu jeito de enrolá-lo. Nisso chegaram Barbara e Jody. Jody levou um susto e fez um pequeno escândalo achando uma loucura eu ter rapado a barba. Barbara, mais prática, disse que tinha combinado com Naná um jantar em casa; um jantar com sopa, carne assada, vinho e bolo na sobremesa. Convidou Trip a ficar e jantar conosco. Trip aceitou o convite. Barbara foi para a cozinha adiantar os preparativos e ficamos – Jody, Trip e eu – na sala fumando o baseado do melhor haxixe do mundo.

Jody ria do que devia estar achando ridículo: meu sotaque salisburiano quando falava com Trip. E tudo que Trip dizia, Jody, ironicamente, pedia a ela que repetisse como se não entendesse seu inglês. Notei a diferença entre os sotaques de Wiltshire e Illinois. É claro que eu ficava com o de Wiltshire. Seria *covardia* de minha parte rir do sotaque de Jody. Nisso chegou Naná.

Embora a comida estivesse apetitosa, teve muito *clima* no jantar. Especialmente quando a sopa foi servida. Jody e Barbara não pareciam bem. Pairava na atmosfera algo de desentendimento entre o casal. Jody também já começava a me irritar com seu sarcasmo de fundo simpático, por conta do meu começo de namoro com Trip. Naná absteve-se de comentários maldosos ou de olhares críticos; mas a percebi inquieta. Não sei se por eu estar sem barba, se pela presença de Trip ou se pelo *clima* entre Barbara e Jody; ou se por Benjamin, o gato, que miava sem parar e enrolava o rabo na perna da dona; ou se por qualquer motivo que me escapava. Nesse *clima,* a sopeira quase escapou de suas mãos.

– Está muito quente – desculpou-se Naná.

Depois do jantar, Trip nos ofereceu mais haxixe e em seguida lembrou-me que estava ficando tarde e que era melhor irmos visitar Andrew Lovelock. Na rua ela comentou:

– Qual é a *atmosfera* daquela casa? Tive a impressão de estar numa peça de Tchecov!

– É que as pessoas são de nacionalidades diferentes – respondi, achando chique ela, tão nova, citando Tchecov assim com tanta naturalidade. Só mesmo na Inglaterra, pensei. Só mesmo uma inglesa.

Andrew não estava em casa. Acompanhei Trip até o metrô. Fomos abraçados, ela colou sua perna direita na minha esquerda e, pelo caminho, parando aqui e ali nas curvas da Portobello, observávamos as casinhas mais graciosas e seus interiores iluminados. Nos beijamos. Imaginei-me casado com Trip e morando numa casinha daquelas. Trip me convidou para almoçar com a família em Salisbury no próximo domingo. Agradeci o convite, mas inventei que já tinha compromisso para o fim de semana. Ela percebeu minha mentirinha, mas respeitou: era muito cedo para conhecer a família da namorada. Me beijou com alegria e, antes de tomar o metrô para Tooting Broadway, disse que ficava aguardando meu telefonema na segunda-feira.

VIAGEM DE ÁCIDO: Não que fosse um sábado esplendoroso de céu azul e sol do nascente ao poente. Ao contrário, choveu quase o tempo todo; enfim, estava um dia mais propício à vida interior. No entanto, assim que despertei senti uma necessidade premente de engolir logo o LSD que Larry me dera na minha despedida de Nova York. Várias eram as razões. A primeira delas era Trip, e pensei que, fazendo uma *trip* (viagem), tudo poderia ficar mais claro e quem sabe, etc. A segunda razão era descobrir que rumo tomar, já que não me satisfazia mais continuar prolongando uma fase que já estava se esgotando. A terceira e última razão abarcava vários pequenos motivos: a) pirar por simples piração, uma vez que o momento me parecia um tanto tenso; b) uma certa necessidade de expandir meu lado místico; c) esquecer de mim mesmo e caminhar como só conseguia quando *viajava* e curtir cores, distorções, deformações, alongamentos, imagens, criaturas, arquitetura, parques, etc.; d) o irresistível fascínio pelo desconhecido.

Engoli o LSD e fui contar à Naná. Naná, achando aquilo "uma idéia", resolveu também tomar a mescalina que Larry lhe mandara, por meu intermédio. Até *bater,* Naná continuou jogando cartas com Jody e Barbara ao pé da lareira enquanto peguei o gato e levei pro meu quarto para lhe cortar as unhas (desconfiava que Benjamin estivesse no cio, pois ele vivia metendo as unhas em nossa pele).

O ácido bateu, soltei Benjamin (já de unhas aparadas) e voltei à sala. Naná, sem dizer palavra, levantou os olhos do baralho e me passou uma telepática. Entendi que a sua mescalina ainda não tinha começado a fazer efeito. Apanhei o binóculo e fui à janela. Avistei, no último andar de um prédio no outro lado da rua, um vaso de gerânios vermelhos no parapeito de uma janela estreita e alta. Alguém o deixara ali para tomar chuva. De repente surgiu uma garota lindíssima, uma princesa mesmo, cabelos negros lisos e longos e lábios tão vermelhos quanto as flores do seu vaso; ela pegou o vaso e o elevou pra que a chuva o molhasse com sua abundância. Diante de tão belo quadro o binóculo quase caiu de minhas mãos e, lá em cima, a Rapunzel o percebeu. Como se gostando de ser admirada, ela continuou se expondo. Devolveu o vaso ao parapeito e entregou o rosto, os cabelos e o peito à chuva.

– Que estranho! – falei, como quem pensa alto.

Naná me ouviu, deu um pulo do tapete e, a passos largos, arrancou-me o binóculo das mãos pra ver com os próprios olhos aquilo que eu achara *tão* estranho. A Rapunzel, lá em cima, quando viu Naná, pegou o vaso, entrou e bateu a vidraça, que pareceu estilhaçar-se em mil cacos e cores psicodélicas. Naná fez cara de triste como se estivesse desolada por mim e estendeu-me de volta o binóculo. Devolvi-lhe um olhar fulminante, deixei-a de binóculo na mão, joguei a pelerine nos ombros e saí pra rua.

Não chovia mais. Na Portobello encontrei Huguinho e sua inseparável muleta (na infância fora vítima da poliomielite). Huguinho, meio perdido, me perguntou se tinha visto a Leilah, o Clovis e o Paulo Herculano. Não, não tinha. Mas aproveitei para lhe recomendar que se os visse lhes transmitisse as minhas lembranças.

– Tudo é Deus – dizia uma garota *hare krishna* a uma mocinha turista não muito convicta. Todos os tipos da Portobello no seu folclore de sábado: ciganos, pirados, *hippies,* turistas, *skinheads,* caretas, araras e até um chimpanzé; *hell's angels, pubs, antiques,* gente bebendo cerveja na calçada, restaurantes, lanchonetes e biroscas da cozinha chinesa, italiana, jamaicana, africana, indiana e *fish & chips;* barracas, piratas, *reggae,* cimitarras, drogas e drogados e a mulher, velhíssima, da loja *England,* com uma bandeirola da Inglaterra fincada no topo de seu chapéu-coco, seu gramofone e discos antiquíssimos em 78 rpm (tocava *Paper Moon),* discutindo com um dos jovens *hare krishna* – careca, com apenas um tufo à rabo-de-cavalo saindo do meio do cocoruto.

– Vocês não pagam taxas! – esbravejava a velha. – Vocês ganham muito mais dinheiro que eu, que fico aqui presa, enquanto vocês andam pra cima e pra baixo cantando essa musiquinha irritante "*hare krishna, hare krishna,* hare-hare, hare-rama", com esse sorriso beato, idiota, segurando esse incenso falso com cheiro de sabonete!

O jovem apenas sorria, complacente. A velha deu uma pausa para trocar o disco no gramofone (agora era a vez de *Alexander's Ragtime Band)* e voltou a esbravejar:

– Vocês ficam vendendo por meia libra essa revisteca

(Back to Godhead) impressa no Japão e ninguém compra os meus casacos de segunda-mão! E ainda tenho que pagar taxas!

Os turistas pareciam se divertir com a cena e a velha estava adorando ser a estrela do espetáculo. Afinal, ela era a popular e típica velha inglesa, das peças de Shakespeare, das gravuras de Hogarth, dos livros de Dickens e do folclore da Portobello Road.

Fui andando e sorrindo, achando, mais uma vez, que tudo não passava de teatro. Encontrei um e outro conhecido e, repentinamente, Alete, a bela pernambucana amiga dos baianos. – Você ficou mais bonito sem barba – me disse Alete. Senti um desejo instantâneo de voltar correndo pra casa e me estudar no espelho do banheiro.

Naná estava sentida por eu não tê-la chamado a Portobello. Me convidou para um *Darjeeling* e fomos pra cozinha. Naná estava vistosa, sedutora e aí me lembrei do quanto ela impressionara Larry, em Nova York. Comecei a me sentir possuído pelo desejo ardente de Larry e intuí que se ficasse mais um segundo na cozinha acabaria por tomá-la em meus braços. Ia fugir da cozinha, mas Naná não me deixou, dizendo que o chá estava quase pronto. Fomos para o meu quarto e ficamos, de caneca na mão, na janela olhando o quintal. Observávamos uma árvore *horse-chestnut* completamente sem folhas; seus galhos nos pareciam ossos de uma criatura muito magra e os ramos talvez dedos de damas finas segurando castanhas à guisa de colares de gordas pérolas. Depois de bebermos o chá e de ficarmos um tempo que me pareceu horas observando a árvore e tudo que ela sugeria, notei que escurecia e me lembrei que tinha voltado para casa com o propósito de me estudar no grande espelho do banheiro e tentar descobrir algo de inédito em mim mesmo. Deixei Naná na janela admirando o quintal, corri e me tranquei no banheiro.

Frente ao espelho relaxei, me coloquei na postura correta e me vi como um adolescente arisco e saudável, um pouco ingênuo mas também bastante sabido, com rosto de boa personalidade e semblante honesto e justo. E mais: um toque de cinismo e crueldade não me ia mal. Testa e queixo neandertalescos, talvez um pouco mais curtos do que gostaria, nariz um pouco maior que o ideal mas de narinas certas; orelhas ligeiramente élficas; olhos felizes mas um tanto fundos e juntos um do outro (especialmente depois de noite maldormida ou de preocupações mesquinhas). Simpática, jovem, otimista, boa, viril sem ser machona, adaptável, imatura, tal era a figura refletida no espelho. E depois, os antecedentes genealógicos: de Bill Walpp, meu tataravô inglês, à linhagem alemã que, além de ter Niemeyer no nome, também lutara com certo sucesso na guerra contra Napoleão; e a parte espanhola ligada a Don Rodrigo Diaz de Bivar, herói da cavalaria andante que vencera os mouros e entrara para a lenda como El Cid, o Campeador. E os descendentes de toda essa gente, e mais o lado português, pessoas que tiveram um ou dez dedos na história do próprio Brasil, como, por exemplo, Violante Atabalipa Ximenez de Bivar e Velasco, a primeira jornalista brasileira, editora, no século XIX, do primeiro jornal feminino brasileiro, o *Jornal das Senhoras,* (acho que) sediado na Bahia. Isso do lado paterno, contado pelo meu pai. Do lado materno, a genealogia é bem mais simples, cinqüenta por cento do meu sangue seria italiano do norte, oriundo de Treviso (por parte de vovô) e de Rovigo (vovó). Me observando agora no espelho, o que via refletido era em suma um europeu. Me senti digno de Trip e tive certeza que não daria vexame à mesa de sua família se tivesse ido com ela para Salisbury. Seria ela a garota que Salisbury estava me presenteando pela amizade que eu dedicava à cidade e aos amigos de lá? Fiz essa pergunta a mim mesmo frente ao espelho e mais uma vez senti que o destino me obrigava a sins ou nãos.

Sim, a resposta era sim. Deus atendera meu pedido, pedido que fizera da primeira vez que passara por aquela região: casar, ser pai de cinco filhos, guiar o caminhão da entrega do leite e dirigir o teatro infantil da cidade. Sim, a resposta parecia ser esta.

Mas, de repente, era melhor não precipitar as coisas e não assumir nenhum compromisso. Até então passara a vida livremente, independente, sem me comprometer. Nem politicamente, nem socialmente, nem profissionalmente e nem mesmo sentimentalmente. Até o amor, acreditava-o livre, espontâneo. Mais uma idealização que uma realidade pé-na-terra. E depois, refletindo melhor, estaria Trip disposta a se casar com um... leiteiro?

Parei de pensar em casamento e voltei a me estudar. Comecei por me imaginar mais velho. Ensaiei uma expressão corporal meio torta, híbrida, arquetípica, fui me entortando mais até parecer extenuado, alquebrado, caquético, até que vi, no espelho, decrépito, um ancião de mil anos. Horrorizado comigo mesmo – as pernas ameaçavam enfraquecer – deixei o espelho, o banheiro, corri à sala e sentei-me quieto no tapete junto à lareira onde Naná, Jody e Barbara, compenetradíssimos, jogavam cartas. Dois minutos depois, entediado e imaginando algo por fazer, fui ao quarto, apanhei as roupas sujas, enfiei-as no saco e fui à lavanderia *self-service* da esquina.

UMA NOITE DE AMOR: Na segunda-feira, conforme o combinado, telefonei para Trip, por volta das sete.

– Alô, Trip?

– Bivar! Você não quer vir aqui, conhecer meu colégio?

– Mas é muito longe! E pra voltar? Até chegar aí e tudo, depois das onze não tem mais metrô.

– Não se preocupe, você dorme aqui...

Jamais chovera tão torrencialmente. Quando cheguei a Tooting Broadway, lá estava Trip, molhada da cabeça aos pés. Da estação do metrô até o campus da faculdade caminhamos, abraçados, umas duas milhas. Foi a maior chuva que tomei na vida. Molhados como estávamos, ela ainda me levou para conhecer os quartos de seus colegas: garotas crochetando, rapazes ouvindo música, mais um e outro até que finalmente chegamos ao seu quarto. Além de encharcado eu tiritava até o tutano. Brrrr!, foi tudo que consegui dizer. Trip colocou algumas moedas no aquecedor. Tudo que ela ia fazendo eu imitava. Tinha que me portar com naturalidade. Ela tirou a roupa, também tirei a minha. Ficou nua, também fiquei. Espirrou, espirrei. Atirou-me uma toalha, me enxuguei. Vestiu uma camisola de flanela de algodão, leve e clara. E riu, quando me viu tímido e enrolado na toalha; procurou algo pra eu vestir. Encontrou um *djelaba* azul-sanhaço. Estendeu nossas roupas molhadas perto do aquecedor e, enquanto eu me distraía olhando capas de disco, ela preparava, no fogareiro, uma sopa de cogumelos. Escolhi "Desertshore", o novo disco da Nico. Depois da saborosa sopa, Trip me passou o haxixe. Enquanto eu enrolava o cigarro ela dava corda no despertador marcando-o para despertar às sete da manhã por causa da aula. E me chamou pra cama, macia e gostosa. Sob as cobertas fumamos o baseado, nos entregamos à espontaneidade do amor livre e finalmente dormimos, aconchegados.

O despertador chamou, mas Trip não se sentia "in the mood" para a primeira aula. Só saiu para alcançar a terceira. E lá fui eu caminhando até o metrô, assobiando um *fox-trot*. Me sentia feliz, renascido, amado, virilizado, apesar dos espirros e do resfriado. Não fazia sol mas também não chovia.

DE NOVO EM SALISBURY: No sábado tomei o trem, sozinho, para Salisbury. Notei que as estações na Europa, por serem muito distintas e marcantes, transformam não só o espírito mas sobretudo a paisagem. No inverno, com as chuvas abundantes e a neve derretida, as águas do Avon, sempre tão cristalinas, estavam agora caudalosas e barrentas, rolando bravas e rápidas. Não se via cisne. No gramado que circunda a Catedral, agora encharcado, era o magnífico cedro-do-líbano, solitário e nobre, a única árvore enfolharada na cidade. Era meio-dia, mas parecia que o dia ainda não amanhecera de todo. A luz era meio escura e neblinosa. Cheguei à casa da Saint Ann Street e, coração em suspense, dei três toques na porta.

Bruce não me reconheceu sem barba. Depois fez: – Oh Bivar, é você! – e riu.

– E os outros? – perguntei, não avistando nenhum dos antigos conhecidos. Daí Bruce contou das mudanças: Verônica despojara-se e agora trabalhava como dama-de-companhia de uma senhora inválida. Vivia em casa desta; Don mudara-se para a Alemanha; John Atkins voltara para a casa dos pais; dos originais, só Bruce e David Hayward continuavam na casa. E... oh sim, a casa tinha agora outros novos habitantes.

Minha reação foi triste. Nada era para sempre. Mas a decepção logo passou: os novos também se revelaram encantadores.

E assim passei o sábado, o domingo e a segunda-feira em *Sólsburi* (que é como se pronuncia lá). Na noite de segunda, enquanto os outros tinham saído e Bruce, Terry e Steve trabalhavam na fábrica de parafusos, estávamos no quarto Tony Adamanson, John Ingleson e eu. Adamanson cantava ao violão músicas alegres e nostálgicas que faziam o espírito viajar por vales do medieval brando, e John Ingleson, o rapazinho, me mandava ficar quieto na cadeira de balanço que ele ia começar a desenhar o meu retrato.

– Por que você está triste, Bivar? – ele perguntou, com sotaque adorável e voz viçosa, enquanto eu posava.

– Eu não diria triste – consertou Adamanson –, eu diria sereno.

Éramos os três no quarto e a beleza, proletária, em nós repousava. Retrato pronto, impressionou-me o talento do meu retratista. Nunca me vi tão bem expresso. Triste e sereno. Apesar das condições parcas do artista: uma hidrográfica verde-musgo e uma folha de papel. Cabeça e ombro. Éramos pobres mas nem pensávamos nisso. A música fluía pertinente. A casa, nem televisão tinha.

England: terra de anjos, conforme a lenda. Fiquei sabendo disso depois e em outro lugar. O nome fora dado pelos invasores romanos, encantados com a quantidade de adolescentes de feições angelicais encontrados na ilha. E o nome ficou... England. Eng, arcaico de angel = anjo; e land, de terra. England, Inglaterra. E uma vez que, em nossa língua, é chamada de Inglaterra já bem antes do Brasil ter sido descoberto, agora me pergunto: que português terá traduzido Eng para Ingla? (Silêncio.)

Mas, voltando à terra, e aos anjos, ali estava um – e moderno, sem asas – à minha frente. John *Ingleson,* que além de desenhar bem tinha só 15 anos e durante o dia trabalhava como limpador das vidraças da cidade.

– Você conseguiu me captar no seu desenho, John. Vou guardá-lo com cuidado e um dia, quem sabe, quando tiver algum lugar fixo neste mundo, prometo emoldurar e pendurar na parede.

– Oh, não está tão bom assim, Bivar – disse o anjo, com os olhos radiantes de juízo e modéstia.

UMA CARTA MUITO ESPERADA: Em Londres, acabado de chegar de Salisbury, o telefone tocou. Era Johnny Howard avisando que nessa manhã chegara uma carta de José Vicente.

– De Paris? – perguntei excitado. Ninguém me fazia mais falta que José Vicente.

– Não, não é de Paris. O carimbo é da Espanha – respondeu Johnny.

– José Vicente na Espanha?!

Corri, peguei o metrô, cheguei na Cromwell Road e toquei a campainha. Fiquei cinco minutos com Johnny e Maria e saí, ansioso para ler o que trazia aquele suculento envelope.

"Ibiza, janeiro de 1971.
Bivar, tango.

Os ventos da curiosidade trouxeram-me até uma ilha, espanhola, perdida no meio do Mediterrâneo, onde ser *hippie* é um vício e não uma virtude. Moro num lugar chamado "Lauria Roma" e me alimento de *paellas* e de flamengos. Dia e noite. Descobri, aqui, que a Inglaterra, de um ponto de vista mais embaixo, é existencialista sem saber. A Espanha é que é *ligada.* Foi preciso uma vida inteira para descobrir que nada no mundo substitui Sarita Montiel, minha atual deusa, cuja fotografia coloquei sobre a cara do Alvin Lee, que é um chato. Desisti da chamada Revolução *Head*. um pouco por preguiça e um pouco por sentir os chamados mais fortes daquilo que está um pouco mais *au-dessous*. Atualmente faço a apologia dos caretas e não consigo entender (mesmo) porque essa juventude de hoje usa cabelos tão *efeminados*. Se você visse os jogadores de futebol da Espanha e mesmo os marinheiros (e que direi dos toureiros?) – você ia cair duro e roxo pra trás. A Espanha, pra seu governo, é o lugar onde se diz "gracias" (na língua) em lugar de "merci" e "all right". É o lugar onde existem músicas chamadas "Maldita sea la mano que mata el perro", "Granaaaaada" e um cantor chamado Manolo Málaga, perto de quem só existe, não em termos estritamente vocais, é claro, aquele que joga no Chelsea e costuma responder pelo sobrenome de Best (George). A Espanha, apesar de todas as intrigas da oposição e dos comunistas, é o único lugar inconformado, rebelde, revolucionário de todo esse mísero planeta. A Espanha, enfim, é a *tierra soñada por mi* e por Carmen Monteiro. Um sonho! Se você vier aqui, tenho certeza, a Maria Antonieta Pons que se cuide no México. Porque, com a minha vinda, a Carmen (de Bizet) voltou a ser moderna. E, direi mesmo, a própria Carmen Monteiro, de quem chorei de saudades em Málaga, em Valência, e para quem escrevi uma carta de Mallorca, embora estivesse mesmo em Minorca.

Enfim, meu adorado, você faz muita falta perto de mim. De certa forma foi um erro a nossa separação, antes da Espanha. Perdemos a nossa chance de nos tornarmos internacionais usando rosas vermelhas nos cabelos e relançando o melodramatismo que não só beira como ultrapassa mesmo o limite de uma ligeira caricatura.

Atualmente moro com uma americana de San Francisco, muito gorda e *head* demais pro meu gosto, que tem a audácia de ler, na cama onde dormimos, um livro de ficção científica!!!

9 de janeiro (dia seguinte).

Nesse momento, sozinho, mandei uma ligeira fumaça pra cuca e me sintonizo novamente com você, sentado sobre uma rocha velha e fenícia, de frente pras águas azuis e cristalinas do Mediterrâneo. Ibiza é uma ilha *fundada* pelos cartagineses, anos e anos antes de Jesus Cristo haver pisado o planeta com sua periculosa *peace*. As casas são de um branco mais branco que o *Rinso**, pra você fazer uma idéia. A luz é tanta que o estrangeiro do Camus, nela, mataria não só um como uma dúzia de árabes, na praia. O único senão é a presença ignóbil de turistas. Mas pensando bem os chamados andarilhos, de quem nós éramos fãs incondicionais, não resistem a uma segunda olhada, como diria Alcyr, o pensador. E o que são eles, no final das contas, senão Os Novos Turistas do World?

Estou morto de vontade de te ver. Minha intuição ligeiramente feminina me diz, em segredo, que *you've changed,* como cantaria La Holiday para a *Beat Generation,* nos idos de 1950.

Eu, se te interessa saber, resolvi cair fora de todas as tendências, muito embora certa gente negativa me considere tendencioso.

Passei duas semanas chiques na Côte D'Azur, morando com o editor mais *in* de Paris, Christian Bourjois, que vai editar minhas peças. A casa era ao lado da casa de Tony Richardson, onde me banhei numa piscina de quarenta graus (centígrados), uma piscina no meio da neve, uma piscina, baby, se você ainda tem memória, que foi, em tempos anteriores, o lago (artificial) daquela cujo sobrenome é Redgrave (Vanessa). O nome do lugar é *La Garde de Freinet.* Moram lá, ainda, a superada Jeanne Moreau e a mesquinha Brigitte Bardot. Esta última eu vi em St. Tropez, sozinha dentro dum carro, fazendo charme para o *coucher du soleil.* Os franceses são generosos (comigo foram muito) mas ainda discutem *O Armistício,* e eu dormi várias vezes entre um ardente "pas de tout!" e um entediado "bien sûr".

---

* Rinso era o mais popular sabão em pó nessa época, tudo ficava mais branco com ele, segundo o anúncio.

Já faz um mês que não vejo um só brasileiro, o que me obriga a escrever muito e (às vezes) a me sentir o único ser do Universo que fala português, língua limitada, sinistra e maldita (talvez amaldiçoada).

O sol está um pouco forte demais *(sorry!)* e vou para um bar de frente pro mar, onde ouvirei, em tua homenagem, no *jukebox,* o "Let it bleed", ou "Deixa sangrar", como diz a Gal. E almoçarei, *aussi.*

3 horas da tarde do dia 9.

Uma coisa que sou obrigado a confessar é que aquele teu telefonema da casa da Elizênia, dizendo (num tom pseudo-natural): "Amanhã vou pra Nova York", foi o golpe definitivo. Me senti o último, o antepenúltimo mesmo! E só me satisfiz no dia que aquela que Sábato Magaldi consagrou, por haver escrito "Fala baixo senão eu grito", me viu fazendo o gênero *comunidade* na casa de Johnny e Maria, com uma convicção que superava aquela da Maria Regina quando *representava* "Hair" em São Paulo. E por falar em convicção, eu nunca acreditei muito, pra te ser franco, naquela história de *peace* com dois dedos, posar de *head* na King's Road, ser gentil, e aquelas bossas todas. Eu achava bonitinho, divertido, etc... Mas no fundo o que eu gostava mesmo era de provocar *miss* Stevens jogando as tranças pro namorado dela. Não sei se você notou, notou?

7 horas da noite do dia 9.

Estou num barco chamado "Aquarius", da Flórida, onde mora um americano e um cachorro. Conheci-o casualmente, logo depois do almoço e, conversa vai conversa vem, cá estou eu pra jantar com Tom (seu nome) e depois, sei lá. Ibiza é uma caixa de Pandora: quando menos se espera acontece o inesperado.

Outra novidade: amanhã irei a Formentera. Não sei se você sabe que Formentera é onde existe o melhor clima do mundo (pelo menos eles dizem, e se dizem é porque é).

10 de janeiro, manhã (despertar).

Tom lê um livro sobre a *Tierra del Fuego,* na cama ao

lado, enquanto subo pra ver se tem sol e, claro, tem um sol pleno e maravilhoso. Cantarolo feliz "Here comes the sun... nice. It's all right...", pra criar um (meio) *ambiente* dentro do "Aquarius".

Hoje tomarei um banho no Mediterrâneo, pensarei em você, na Helena Ignez, no Rogério, em Caetano e Gil, no riso do Guilherme Araújo, na Verinha (que quero namorar quando voltar a Londres), no Johnny e na Maria Pedigree, e cantarei não só os *Beatles* mas também os *Rolling Stones;* e de vez em quando cantarei, *aussi,* "La Violetera" e "Meu Último Tango", tudo para homenagear a *Sagrada Família.* Hoje será o dia de *congratulations.* O dia das rosas (e jasmins). O dia D, por assim dizer.

12 horas do mesmo dia.

Faz um calor brasileiro, com coloratura espanhola. Uma vitrola toca, afoita, "Tutti Frutti". Deixei Formentera para amanhã. Uma expressão que ouço com freqüência na terra de Sarita é: "Que lástima!" Resumindo: a Espanha é 1956 (meu ano favorito) levado às últimas conseqüências. Lambretas, Vespas mesmo, bicicletas, *cognac,* curras e Elvis. Aqui tem lugar pra tudo, menos pra ficção científica, gênero literário doentio e assexuado. Conheci várias pessoas que pensam o mesmo, o que me dá um lugar (de destaque) no seio da nova tendência: Não faça nem a guerra, nem o amor, nem a paz – faça a curra! Em outras palavras: Vá à Espanha e pegue um toureiro à unha. Em Marrocos não vou, porque *tuareg* não entra na minha tenda nem morta!

Beijos mil do Zé.

Adendo: Hoje é 11 de janeiro de 1971, ano ímpar e portanto propício a aventuras do tipo "três é bom, quatro é demais". Ou: "cinco é bom, seis é demais", *usque ad nauseam.* Não sei se você consegue *pescar* a minha lógica. Ultimamente tenho me entregado a reflexões sutis, do tipo (enquanto assistia a pescadores pescando de anzol na praia): "Se os peixes insistem ainda em morder a isca, com anzol e tudo, não é por falta de escola". Vê se você consegue me entender nas entrelinhas. Em Londres era o *It,* como no Rio era o *Pasquim,* como em São Paulo era o *chez* Maria Regina, como em Paris é (ainda) o *Flore,* mesmo porque "Paris será toujours Paris". Em St. Tropez era o *bateau (ivre),* em Marselha era (ainda) o Rimbaud. Em Barcelona (pronuncia-se nos dentes, *honey)* era a *hippie generation* vinda de Marrocos, com *kief* e caspas. Cada lugar do mundo se julga o ponto final da criação. Em Ibiza é o sol, o Mediterrâneo e a mentalidade do tipo: "Toda grande cidade está poluída". Com um desprezo que lembra Ipanema. Do meu ponto de vista o planeta está cansado e será vencido pelo desgaste. Ou pela neve. Duvido que a Europa agüente mais um inverno como esse. No final das contas o que conta é mesmo saber que, apesar dos pesares, a gente sempre zombou disso tudo. O que conta mesmo é que você será sempre um "caso à parte" na minha vida. Pensando bem, é proibido (ainda) proibir. Os Panteras Negras também usam laquê, meu amor. Razão, quem tem mesmo é a Elza Soares quando pergunta: "E daí? E daí?" Algumas vezes eu sinto, no meu estilo, a presença da Nina Chaves, como agora. Mas é que, devido à distância dos brasileiros, não tenho assunto... De longe eu amo a colônia inglesa de língua portuguesa, sem restrições. A *Sagrada Família,* como disse a Helena Ignez, com todos os colares, boás, plumas e mesmo penas, depois de uma pausa que refresca, foi a única coisa que valeu. Estou te dizendo isso tudo porque vou voltar pra minha nota depois de voltar pra você. Trocando em miúdos: voltarei pra Londres logo, logo. Espero te encontrar aí ainda.

Um grande abraço (mesmo) e muita saudade

do Zé."

CAPÍTULO 14

Cenas do dia-a-dia em Notting Hill

Naqueles dias de inverno rigoroso eu geralmente passava as manhãs no quarto. Primeiro o arrumava. Depois lia, rabiscava, fumava, sonhava... Geralmente fazia tudo isso ao mesmo tempo. Nos intervalos dessas funções matinais ficava curtindo o quintal através da vidraça: a chuva caindo na castanheira nua; o verde pálido na terra cinza, lembrando um tapete roto; fundos de sobrados e pequenos edifícios... Vozes nenhuma, só a da natureza, discreta nos quintais e naquelas horas matinais.

Numa dessas manhãs, sensivelmente mais gélida que as outras, curtia eu o silêncio quando ouvi um miado desesperado. Era um gato desgarrado, nitidamente vira-lata, encolhido e trêmulo, miando escandalosamente de frio e fome, no quintal. Tomado por uma inexplicável compulsão, não pensei duas vezes: saí do quarto feito bala, atravessei a sala onde dormiam Barbara e Jody, cada um num sofá, fui até Benjamin, que estava entregue à luxúria do sono quase obsceno de gato que tem tapete felpudo e lareira acesa no inverno. Peguei-o com tal perfeição que consegui levá-lo ainda dormindo até a vidraça do meu quarto. Virei-o, pelos bigodes, na direção do gato miserável que continuava miando no frio lá fora. Com sua natural indiferença, Benjamin o ignorou. Achando que já era demais, levantei a vidraça e empurrei Benjamin pro parapeito. E o fechei do lado de fora. Só então – e assim mesmo por conta do choque térmico – foi que Benjamin *despertou*. O gato miava histérico e Benjamin também. Benjamin queria entrar, mas deixei-o ao relento na esperança de que ele fizesse amizade com o *stray cat*, aprendendo, assim, duas ou três coisas a respeito da miséria, das diferenças de classes e das injustiças sociais; ou, numa outra hipótese, que contasse ao vira-lata coisas terríveis a meu respeito, coisas que só ele talvez soubesse.

Não suportando ver o sofrimento de Benjamin e do outro gato (Benja continuava indiferente ao colega de infortúnio e só queria entrar), fui pra cozinha beliscar qualquer coisa. Jody acordou e me perguntou as horas. Eram mais ou menos duas da tarde.

– Eu tinha tanta coisa a fazer... – queixou-se Jody. E voltou a dormir.

Com Barbara acontecia diferente: acordava bem cedo, quando Naná atravessava a sala rumo à cozinha para o desjejum. Deitada, Barbara dizia duas frases gentis e voltava a dormir. Assim que Naná saía para a BBC, Barbara levantava para preparar o próprio desjejum. A seguir sentava-se à mesa e à luz discreta de um pequeno abajur e jogava paciência até perder a própria de tanto esperar que Jody acordasse. Quando isso acontecia, geralmente por volta das cinco da tarde, os dois discutiam até o limite da perda de humor (nenhum cedia).

Eu tratava de ir à cozinha sempre que Barbara e Jody estavam dormindo. Às vezes pensava que Barbara dormia e, ao passar pela sala, dava com ela jogando paciência e já bastante impaciente. Desejava-lhe um *"Good morning!"* discreto, para não acordar Jody porque, quando Jody acordava e me via entrando na cozinha, vinha correndo me oferecer tudo que tinha comprado na véspera: presunto, queijo, pão, suco de maçã – me deixando constrangido por não ter quase nada de meu para lhe oferecer em troca. Eu andava duro, comia pouco e contribuía com quase nada, na casa: pasta de amendoim, pão preto, leite e *corn-flakes*. Se bem que, verdade seja dita, não era raro eu pegar *emprestado* uma e outra fatia das guloseimas dos hóspedes de Naná.

Mas nesse dia Barbara e Jody dormiam e, depois de comer o meu sucrilho com leite, decidi sair, tomar o metrô e ir à agência da Varig, na Regent Street, ler os jornais brasileiros da semana. A Varig era o único lugar na Inglaterra onde o brasileiro comum podia ler as notícias do Brasil.

E lá estava, no primeiro caderno do *Jornal do Brasil,* a "Primeira crítica" de Yan Michalski sobre a estréia da minha peça "Alzira Power" no Rio.

"... Entre dois momentos de força há sempre um intervalo em que Bivar quase se limita a fazer charme. Mas cada um desses momentos de força que aparecem de vez em quando revela o talento absolutamente *sui generis* de Bivar, que maneja como nenhum outro autor brasileiro os recursos da fantasia, e que tem um senso de humor inteiramente pessoal, inimitável. E esses momentos fortes são suficientemente numerosos, e de suficiente qualidade, para que o autor acabe nos dando o seu recado: uma visão do mundo amarga, perplexa, rebelde, traumatizada, ainda que um tanto festiva. Podemos entrar ou não na jogada dessa visão do mundo de Bivar, mas dificilmente podemos resistir à graça com a qual ele nos mostra essa visão. A peça acaba um pouco cedo: no segundo ato, o autor faz pouco mais do que encher lingüiça. Mas se a ação dramática termina praticamente no final do primeiro ato, o fascinante personagem de Alzira, multifacetado e escorregadio, continua nos surpreendendo e nos comunicando a sua força vital até a última réplica. Yolanda Cardoso encontrou neste personagem o papel de sua vida, ao qual se agarra com uma verdade, um carinho e uma vitalidade tão admiráveis, que as eventuais deficiências técnicas da atriz passam despercebidas. Marcelo Picchi sustenta inteligentemente, com bastante noção de medida, o menos brilhante dos dois papéis. A direção de Abujamra é precisa, nervosa, mordaz, e sua mão firme pode ser claramente percebida no trabalho dos dois intérpretes..."

Contentíssimo, me contive. Arranquei discretamente a página da crítica e me senti *salvo:* podia fazer uma chamada internacional a cobrar e pedir à SBAT 300 dólares, por conta dos *royalties*. E assim, feliz da vida – e estando ali pelo centro mesmo –, fui passear pelas cercanias de Piccadilly. Subitamente me lembrei que Benjamin ainda estava do lado de fora (e talvez Naná me *matasse*), corri a perguntar as horas a um *gentleman* que passava. Eram quase sete! Voei pra casa, entrei, passei por Naná, Barbara e Jody, dei-lhes um "alô" rápido e fui pro quarto. Acendi a luz e lá estava o Benjamin, *berrando,* do lado de fora. "Ainda bem que Naná não deu pela falta dele", pensei, aliviado. Levantei a vidraça, ele pulou para dentro e correu para a sala. Agucei o ouvido pra ver se ouvia o outro gato, mas o silêncio no quintal escuro era total.

Só tive coragem de voltar à sala cinco minutos depois. Suspirei aliviado ao ver o lânguido Benjamin enrolando o rabo no braço cheio de pulseiras de Naná, como se nada houvesse acontecido.

SEASONS THEY CHANGE: Barbara e Jody, chegando à conclusão de nada terem em comum, romperam definitivamente o caso. Barbara voltou para Chicago e Jody continuou em casa de Naná. Com a nova liberdade, tudo parecia mais acentuado nele: o cinismo, a simpatia, a alegria e a comunicabilidade típicas do meio-oeste.

Outras mudanças aconteceram e, acredito, nada mais natural que acontecessem. Era começo de fevereiro e, sabendo que em menos de dois meses a primavera voltava (e com ela, flores e novos amores), as pessoas começavam a ressurgir. Primeiro, casualmente Andrew Lovelock na lavanderia automática da esquina. Andrew estava com uma moça muito bonita e de intimidante presença aristocrática. Ele me apresentou Jane, que também era de Salisbury.

Andrew e Jane enfiaram suas roupas limpas e secas dentro de uma bonita cesta de vime, despediram-se cordialmente e se foram. Joguei minhas roupas sujas dentro da máquina, apertei o botão, deixei-as lavando e me pus a pensar nas mudanças bruscas na vida das pessoas. Pensei em Trip e em como me iludira com o nosso namoro. Fora, na verdade, só aquela noite. Mas continuamos nos comunicando pelo telefone até com certa assiduidade.

No *afternoon* do dia seguinte Bruce Garrard me telefonou para dizer que estava em Londres *chez* Trip em Tooting Broadway. Convidei-o, entusiasmado, a passar o fim de semana comigo, no apartamento de Naná. Com certeza ele iria viver uma experiência interessante e até cultural. Fui encontrá-lo na estação de Victoria. Embarcamos Trip no trem para o *week-end* em Salisbury e tomamos o metrô para Notting Hill Gate.

CAETANO'S BACK IN TOWN: À noite levei Bruce à casa de Gilberto Gil. Tratava-se de uma noite muito especial: Caetano e Dedé estavam de volta do Brasil e traziam uma bem-vinda onda de verão tropical e até Maria Bethânia, que vinha passar três dias em Londres antes de partir para Buenos Aires, onde a esperava uma série de apresentações com Vinícius e Toquinho. Mas a estrela da noite era mesmo Caetano que, excitadíssimo, contava para a casa cheia de brasileiros, saudosos e curiosos, as notícias mais deliciosas do Brasil e do verão carioca. Era um luxo só. Jamais vira Caetano com tanta energia. Enquanto, na sala, ouviam o último disco de Bethânia, precisamente aquele em que ela e Jorge Ben cantam "Lá vem o mano, o mano Caetano...", todos falavam e ouviam ao mesmo tempo: era Sandra perguntando coisas à Dedé e esta dando pausas misteriosas (só pra deixar a irmã quicando de curiosidade); era Bethânia atenta ao último disco de Jimi Hendrix que Gil colocara pra ela, entre um Roberto Carlos, um Nelson Gonçalves e uma Dalva de Oliveira; e, de roldão, eram os músicos de Gil chegando para o ensaio acompanhado de tietes... Era o Guilherme Araújo com seu motorista particular (um rapagão alemão chamado Klaus), e Johnny e Maria, e Artur e Maria Helena e a Lodo, sem falar na Carol que, vendo tanta gente, fez uma breve aparição, esperou a Caroline, deram um tempo e saíram... era o Julinho Bressane e a Rosa, e todo mundo inclusive Luciano, Verinha e a vistosa Alete... para gáudio de Pedrinho – filho de Gil e Sandra, agora com dez meses – no quadrado, de pé, batendo com o chocalho na madeira, divertindo-se como nunca, e Bruce, vendo, através do sereno azul-violeta de seus olhos de moço do campo inglês, pela primeira vez, nossa gente e essa festa.

Fomos, um grupo, pra cozinha com Caetano. Queríamos ouvi-lo contar mais novidades d'além mar. E ele, via de regra – embora excepcionalmente, nessa noite –, deixou rolar o seu *côté moça,* que tanto nos divertia, e contou, com palavras, gestos, expressões (e a sugestão de brincos à *Mirthes Paranhos),* do Rio, de Chacrinha e chacretes, da timidez de Elis Regina quando os dois se encontraram no intervalo de um programa de televisão; de como as pessoas estavam lindas no Rio, em Ipanema, na praia entre a Farme e a Teixeira; que os cabelos estavam longos e as roupas coloridas, extravagantes, e o verão uma festa.

– Todo mundo virou *santo!* – disse Caetano, rindo, cúmplice.

– E a Maria Gladys? – perguntei, me roendo de curiosidade.

– Uma *santa*! – respondeu Caetano, num *timing* perfeito.

Contentes, deixamos a casa de Gil. – *Marvellous people!* (Que povo maravilhoso!) – disse Bruce, quando dobrávamos a esquina, indo assistir a um *late show* no Electric Cinema. Passava uma fita de 1920, muda, sobre bruxaria na Itália medieval. O cinema estava quase vazio (a maioria dos habitués estava na casa de Gil) e o filme, cópia péssima, não tinha nem mais créditos. Sentado à nossa frente estava alguém de cabelo muito longo e muito louro. Reconhecemos Andrew Lovelock que, ouvindo nossas vozes, virou-se para trás e também nos reconheceu. E, para celebrar o encontro, Andrew preparou, entre o claro-escuro da projeção, um enorme *joint* de haxixe. Depois do filme dei a ele o endereço de Naná e o convidei a aparecer com Jane (que tinha ido passar o fim de semana na casa dos pais, no campo).

A VOLTA DE DAVID LINGER: Bruce, que tivera uma noite de sábado de verão brasileiro e, logo depois, um reencontro com Andrew Lovelock, seu conterrâneo, teve, no dia seguinte, o que eu chamaria de... um domingo *russo*. É que nesse domingo voltou, abruptamente, para a casa de Naná, ninguém menos que David Linger (de quem já falei muito neste folhetim, nos primeiros capítulos, e com quem, no último verão, quase fui de bicicleta até a Lapônia). Bem, depois de longa ausência, David Linger chegava diretamente de Moscou. Sobriamente vestido, cabelos curtos, vasto bigode e a voz ainda mais grave. Ao contrário de Caetano, que trouxera para Notting Hill toda uma renovada descontração tropical, David Linger chegou *impondo* um tal frio que deixou, em todos, a desconfiança de que ele, de Moscou, dera uma esticadinha até a Sibéria: David voltava cético, amargo, arrogante e antipático. Mas, conhecendo-o como o conhecia, secretamente até que achei meio divertido esse seu novo *número*. Deixei-o com Jody e Naná (que já estava um pouco enlouquecida com a presença de quatro homens – e mais Benjamin, o gato – em casa) e saí para mostrar um pouco da Londres que conhecia ao Bruce, que era do interior.

CAROLINE'S PARTY: Nesse domingo Caroline convidava para uma festa em seu *bed-sit* na Fulham Road. Contente por estar finalmente vivendo independente, ela, na mudança, já partia para a *open house*. Londres inteira estava lá, umas cinqüenta pessoas. Comprimidas no seu quarto que devia medir oito por dez, se tanto. Haxixe, ácido e laranjada, não faltaram. E Caroline, feliz como nunca.

– Você não está achando uma *loucura*?! – me perguntou ela, com os olhos marejados de contentamento. Claro que achava. Bruce observava a festa com discreta curiosidade. Tudo ia às mil maravilhas para Caroline até que ela deu pela falta de uma pluma lilás. Magoadíssima, me perguntou: – Você não acha que as pessoas não deviam fazer isso, roubar as coisas dos outros?

Fiquei penalizado. Caroline realmente tinha muito afeto por sua pluma lilás. Desolada, ela passou uma vibração tão triste, mas tão triste, que todo mundo foi embora e acabou-se a festa. Pobre Caroline. Fomos, Bruce, eu e Leilah Assunção, andando até a King's Road onde acabamos jantando no *Picasso*. Leilah, que ganhara em São Paulo o *Molière* de melhor autora do ano, por sua peça "Fala baixo senão eu grito", também passava temporada em Londres.

VOLTA JOSÉ VICENTE: Na manhã de segunda-feira fui com Bruce visitar a catedral de Westminster e as lápides dos poetas; demo-nos de presente dois pequeninos alfinetes de lapela dourados em forma de cruz, e fomos para a Tate Gallery visitar as obras de Blake, Turner e os pré-rafaelitas. Assistimos, ainda na Tate, aos preparativos para a primeira exibição-monstro na Inglaterra da pop-art de Andy Warhol. Vimos, entre suas obras mais conhecidas, a Marilyn, a Elizabeth Taylor e a sopa *Campbell*. Bruce não se impressionou com as coisas de Warhol. Depois ele tomou o trem para Salisbury e eu, o metrô pra casa de Naná.

David Linger me deu a notícia que José Vicente chegara e estava hóspede de Johnny e Maria. Liguei para lá e José me contou que a barra estava tipo pesada: parentes de Maria a estavam pressionando pra que ela, moça fina e *quatrocentona,* inclusive bisneta de um ex-presidente do Brasil, deixasse Johnny e voltasse pra São Paulo. José me contou que as discussões entre o casal o estavam deixando um tanto apavorado. Convidei José para ficar comigo, no meu quarto *chez* Nana, e ele veio, imediatamente. José chegou afirmando que a Europa estava definitivamente morta e que a próxima *trip* seria o Peru.

E foram chegando mais e mais pessoas à casa de Naná. Chegou Janie Booth, nova-iorquina. Simpática, divertida, curiosa, falante e *mignonne,* Janie Booth me pareceu, logo na chegada, a típica garota da porta ao lado do *american way of life*. Nem bem chegou Janie Booth, chegou Ken, também americano, baixinho, hirsuto e moderadamente revoltado, amigo de David, Jody e Janie, zanzando pela Europa para não ter que ir pro Vietnã. Logo depois chegava a exuberante Charlene, uma autêntica pele-vermelha civilizada, não sei se de origem Cheyenne ou Sioux, para passar três dias. E Mossa Ossa, para passar uma semana.

As cabeças estavam a mil e em mil lugares. Por exemplo: a minha estava em *Sólsburi*; a de Naná, em deixar a BBC e nas próximas férias: Grécia, Espanha, Marrocos, Amsterdam; Mossa Ossa, que chegara direto de Paris ou Nova York, estava dividida entre seu novo interesse por Cientologia e a promessa de gravação de um compacto simples na capital francesa. Mossa dizia que sua amiga Marisa Berenson seria a próxima estrela, no cinema; a cabeça de José Vicente dividia-se entre as Baleares, Paris e o Peru; a de Jody estava ali mesmo, na sala, achando as pessoas todas ridículas (no bom sentido). Mas a estrela da casa era, a seu modo, David Linger. E que estrela! Além do *pique* adquirido na Rússia, ele não admitia outra tônica que não fosse a elegante, tratando de impô-la na nossa atmosfera. Trocava tanto de roupa que, no segundo dia, percebemos todo o seu novo enxoval: bons ternos, boas camisas, bons sapatos e gravatas francesas de acordo com YSL. David dizia-se prático mas revelava-se intolerante. Quando sua performance ultrapassava os limites do suportável, divertíamo-nos (José e eu) fingindo ignorá-lo. Naná, que muito o estimava, mostrava-se preocupada e, franzindo o cenho, dizia frases tipo:

– Ele é muito preso à mãe.

José e eu trocávamos olhares telepáticos como quem diz: "E nós, por acaso, não somos?" Não que David tivesse perdido o humor. Não! Só que seu humor, agora, era *negro*. Basta dizer que o *Electric* reprisava, naqueles dias, o "Sunset Boulevard" e David, claro, arrastou Naná pra ver o filme. Naná voltou do cinema como quem acaba de assistir a mais um filme antigo. David, no entanto, voltou *possuído* pela Gloria Swanson. E passou a agir, na casa, como se fosse a própria. Isso, pra meter medo em mim e no José. Mas, como não tínhamos visto o filme, nem ligamos, agindo como quem não entende a piada.

SEU TIPO INESQUECÍVEL: Nessa fase era moda trazer, só pra *épater,* alguém absolutamente incomum para mostrar aos da casa que estava curtindo uma outra. Uma noite em que a sala estava cheia e animada e nós todos, os de casa e as visitas, em torno da mesa fazendo desenhos com hidrográficas, José Vicente apareceu com seu tipo inesquecível, um marinheiro bronco e escocês encontrado num *pub* em Paddington. Chegaram com sacos de papel cheios de latas de cerveja. O marinheiro e José, rudes, apostaram quem bebia mais. José perdeu. Na vigésima cerveja ele caiu desmaiado no sofá. A sala permaneceu atônita e nós, frios, desenhando. O marinheiro foi-se embora não sem antes nos xingar de "bando de bastardos sofisticados", o que achamos chique.

CAPÍTULO 15

Por onde sopra o vento da sabedoria

Não adiantava continuar procrastinando. Não encontrando nenhuma saída senão a de enfrentar a dura realidade, chegou a vez de Jody partir. E ele foi, achando mais sensato enfrentar essa realidade como motorista de táxi nas ruas de Chicago, sua cidade natal, no Illinois.

Os outros iam e voltavam, mas quando Jody se foi sentimos o significado do *ir para sempre*. Intuímos que, não demoraria muito, teríamos também que ir ao encontro das nossas realidades, inclusive Benjamin, o gato.

E assim, certo de que mais cedo do que gostaria teria que voltar ao Brasil (falava-se tão mal da gestão *Médici*!) e, quem sabe, ao teatro (escrever peças de poucos personagens, por medidas econômicas de produção?), tratei de roubar uns brilhos da *Gloria Swanson* de David Linger e levar o *glamour* de meu sonho ao zênite.

Propus ao Ken irmos conhecer a lendária Glastonbury, que diziam ter sido a Avalon da lenda da Távola Redonda, distando apenas doze milhas de Camelot. Ouvira falar da Fazenda Worthy, lá perto, uma comunidade liderada por Andrew Kerr (que fora secretário de Churchill e que agora era *head)*. E que essa fazenda estava aceitando voluntários que ajudassem na construção de uma pirâmide que serviria de palco a um futuro festival livre, onde se juntariam representantes da Conspiração, assim como alquimistas e magos, bruxos e elfos, fadas e até seres intergaláticos. Era o que diziam...

Ken, que procurava trabalho, para não ter que voltar aos States e de lá ser enviado com as tropas ao Vietnã, topou a idéia. Dois dias depois fomos para Hammersmith pegar carona. E chegamos a Shepton Mallet, no final da tarde; e depois a um lugarejo adormecido chamado Pilton onde, no *pub,* uma senhora muito gentil nos informou como chegar à Fazenda Worthy.

Batemos na porta da casa. Atendeu-nos uma moça loura que, nos vendo tiritando do lado de fora, expostos à noite, ao frio e à neve, nos pôs pra dentro. Avistei, ao passar pelo *hall,* uma fileira de botas enlameadas encostadas na parede. A moça nos levou à cozinha onde, sentados a uma grande mesa e servidos de um bom lanche natural, ouvimos uma bela e distinta *lady* contar acerca de um outro jantar de sonho ao qual comparecera, quando jovem, na Islândia.

Era como estar no outro mundo. E depois das primeiras transparências, as primeiras constatações a respeito da realidade da Fazenda Worthy: *hippies* campestres e a disciplina da vida comunitária. Dormiam às dez da noite e despertavam às cinco da manhã, para o trabalho na terra. E Andrew Kerr, o próprio, a partir de sua majestosa descida de escada, fazendo breve aparição para saber quem éramos. Andrew Kerr passando os dedos por entre os longos cabelos, para revelar o rosto e se mostrar bem, disse que a fazenda estava com o quadro completo e que devíamos ter escrito uma carta, em vez de chegar como chegamos, sem avisar. Mas, como era noite e nevava lá fora, Mr. Kerr nos arranjou um quarto confortável (com lareira já acesa, almofadões, um moderno aparelho de som e os melhores discos) e nos encerrou nele.

Depois de ouvir as queixas de Ken sobre o tratamento que nos fora dispensado por Andrew Kerr, deixei meu amigo deitado ouvindo um disco do *Dead* e fui, a convite de dois garotos que a todo momento enfiavam suas caras curiosas pela porta, fumar um baseado de haxixe no andar superior, no enorme quarto onde, imaginei, talvez dormissem, num só e imenso colchão de espuma, umas vinte pessoas, entre rapazes e moças.

Bem cedo na manhã seguinte, depois do desjejum, agradecemos a pousada, nos despedimos do pessoal e um deles nos levou na camioneta da fazenda até Glastonbury, nos deixando ao pé do monte da Torre.

Para passar ao leitor uma imagem satisfatória de Glastonbury eu teria que escrever muito e retornar à sua pré-história; à Idade do Ferro; à sua conquista por César e seus romanos; passar pelo ano 63 d. C. quando, dizem, José de Arimatea enterrou, na colina em cujo topo está a torre conhecida por Tor, alta, solitária, imponente (e tão antiga quanto o coração da lenda), o Santo Graal, que lhe fora entregue por Pôncio Pilatos. Teria que falar de sua lenda propriamente dita, e contar de Merlin e Arthur e a espada mágica, e Guinevere, Lancelot, Mordred, Percival, *Sir* Gawain e *Sir* Galahad, e de todos os outros cavaleiros da Távola Redonda e suas passagens, seus feitos heróicos, aventuras, amores e mortes na busca do Santo Graal. Sem me esquecer, é claro, de Morgana, a fada, e nem de Elaine, aquela... (pausa). Teria que ler muitos livros, desde o mais famoso, escrito por Geoffrey de Mammouth, até um mais recente, por R. F. Treharne, assim como os de T. H. White e, quem sabe, Mark Twain, ver e rever filmes, consultar pessoas, fazer pesquisas, etc...

Mas agora não. O ar que respirava mandava tudo isso pra dentro de mim e, uma vez lá no alto, e no frio da manhã, senti em todo o ser não só aquele aroma que a Nina Ricci tão bem chamou de *l'air du temps*, mas sobretudo o soprar dos ventos da sabedoria e do juízo. O ar estava límpido e quando chegamos perto da torre solitária avistamos duas belas garotas, uma loura e a outra *brunette*. Apesar do frio e do vento da manhã, elas estavam levemente vestidas, em longos, de seda (uma) e veludo (outra), esvoaçantes e em tons pastéis. Duas damas medievais conforme a crença e a moda seguida por uma certa facção nesses primórdios dos anos 1970.

Escondemo-nos atrás do Tor pra que elas não se assustassem com a nossa brusca aparição, pois nos parecia que estavam fazendo algo importante: ajoelhadas, elas enterravam no chão uma pequena cruz de madeira. Feiticeiras modernas, pensei.

Nos aproximamos delas e, conversa vai conversa vem, Ken decidiu ir com as duas ao País de Gales, que ficava não muito longe. Perguntaram se eu também não queria ir, mas preferi não; pretendia ficar mais um dia ou dois em Glastonbury e voltar a Londres. Me despedi do trio e desci o morro pra bater calçada.

E entrei na cidade, pequena, antiga, graciosa. Visitei as ruínas da Abadia, onde encontrei um *hippie*. E, quando dois *hippies* se encontram, se um deles não tá com a coisa em cima o outro está; e se nenhum dos dois tá com nada, já saem juntos pra descolar alguma; e nessa caminhada, encontram outros *hippies* e acabam todos dentro de uma casa de chá, rindo, celebrando, e achando tudo uma loucura. E a loucura, como disse São Francisco de Assis, é o sol que não deixa o juízo apodrecer. Todos sabiam disso, por isso a cultivavam. E sonhadores, sentiam-se como os próprios cavaleiros da Távola redonda redivivos.

Depois do chá me despedi da turma e fui conhecer mais um pouco de Glastonbury. Na rua principal avistei numa vitrine um lindo par de botas marrom, salto alto e cano longo, por oito libras. O que tinha no bolso não chegava a dez. Comprei as botas, enfiei-as na mochila e, praticamente sem dinheiro, voltei à estrada.

Estava na saída da cidade quando, de repente, ouvi de longe uma voz chamando meu nome. Pirei. Olhei e avistei Terry – o *ex-hell's angel* irlandês que morava na casa dos meus amigos em Salisbury.

– Vi você lá do monte e reconheci seu andar – disse Terry, eufórico com a coincidência. – Pra onde você está indo? – perguntou.

– Pra Londres – respondi. Ele caiu na risada.

– Você está indo na direção errada, *man*. Aí você está indo para a Cornualha. Vem comigo, vamos juntos. Eu ia pra Salisbury, mas agora vou para Londres com você.

Aquele encontro parecia fantástico ao Terry e sua extraordinária energia exigia de mim um certo esforço para acompanhar seus passos largos. Contudo me sentia contente com sua companhia e ia imaginando como ele seria recebido por Naná e seus hóspedes "sofisticados", na casa onde eu próprio me hospedava, pagando um aluguel de cinco libras semanais pelo meu quarto. Não iriam eles pensar que eu estava fazendo o número "seu tipo inesquecível", por causa do Terry? Terry, pra começo de perfil, no pescoço tatuara uma linha pontilhada no centro da qual, em plena garganta, estava escrito "cut here" (corte aqui). Alto, magro, seguro de si, rosto de aventureiro galante, vinte e dois anos mas aparentando vivência de vinte e sete, rude mas bom, simplório e profundamente marcado pela formação cristã, católica e irlandesa, rebelde e com uma certa tristeza no fundo da síndrome, uma fonte infinita de energia, dentadura superior postiça não por maus dentes mas, segundo a honestidade de suas palavras, por uma briga onde valera todas as armas, da corrente à barra de ferro, no tempo em que fora *hell's angel*...

– Onde foi que você dormiu a última noite? – indaguei.

– Lá em cima – Terry apontou uma colina que já ficava para trás.

– E onde está seu saco de dormir?

– Dormi sobre a relva e fiz do embornal meu travesseiro – respondeu ele.

– E o frio? – perguntei, vendo-o tão desagasalhado.

– Eu não sinto frio, homem! – respondeu Terry. E acrescentou: – Acordei todo molhado de orvalho.

– Mas na noite passada nevou! Eu estava aqui perto, em Pilton!

– Não aqui! – disse ele, rindo.

Entre uma carona e outra, num *pub* em Andover, enquanto bebíamos cerveja ele tirou do pescoço uma corrente de prata antiga com uma medalha de São Cristóvão e, enfiando-a pela minha cabeça, disse:

– Você precisa mais dela que eu.

E assim chegamos a Londres e logo depois à casa de Naná. David Linger estava em Paris, convidado por uma agência francesa que pretendia lançá-lo como modelo fotográfico. Terry foi recebido com simpática curiosidade e *amusement* por Naná e Janie Booth, especialmente pela última, que revelou todo um lado infantil diante do estranho-engraçado que era o *ex-hell's angel*. José Vicente não se mostrou impressionado e nem deu muita confiança a Terry. E Terry? Bem, ele apaixonou-se por Janie à primeira vista. E fazia de tudo para entretê-la com seu repertório e suas artimanhas de mágico burlesco: a dentadura, por exemplo. Para impressionar Janie Booth, Terry empurrou, com a língua, a dentadura para fora da boca. *Miss* Booth levou um choque e cobriu o rosto com as mãos.

Terry tomava um banho de imersão e me chamou ao banheiro pra ficar conversando com ele. Foi então que o vi nu. Seu peito e seus braços eram cobertos de tatuagens. Uma imensa águia de asas abertas e garras na defensiva, no centro do peito; dragões e outras feras, sereias e garotas de biquíni. Um coração aqui, um punhal ali; e aquele pontilhado circundando o pescoço com "corte aqui" escrito na região da goela. Depois do banho Terry enxugou-se e foi pra sala enrolado na toalha de Naná, a maior e mais felpuda (Naná ainda não tinha chegado da BBC). Janie Booth ficou boquiaberta com as tatuagens do exibicionista. Tocava-as com um dedo como se não acreditasse que fossem verdadeiras.

– *Really*!!! – exclamava a garotinha.

Terry sentia-se o *freak* mais feliz do mundo e, não sabendo mais o que inventar para entreter Janie, extravasava essa felicidade agarrando Benjamin, que passava, atirando o gato pro alto e, segurando-o pelas orelhas, trazia-o até o rosto, esfregava seu nariz no dele e gritava "MIAAAU" no focinho do felino. Benjamin, histérico, berrava, arrepiava o pêlo e, com toda a ferocidade que lhe restava (e que não era pouca), tentava meter as unhas na cara de Terry. Mas, infelizmente (para o Benjamin), eu tinha cortado suas unhas de véspera. Depois de enlouquecer o gato, era a vez de Terry me enlouquecer. Me obrigava a deitar no sofá com o *headphone* nos ouvidos, punha um disco da banda de Steve Miller pra tocar e, com um dedo, girava o disco ao contrário, fazendo a música (que normalmente já não era *fácil*) tocar pra trás, ora mais rápida, em incontáveis rotações por minuto, ora devagar quase parando, com infinitas distorções e as mais desesperadoras ressonâncias, variando também o volume, freqüentemente elevando-o à altura de me deixar seriamente preocupado com meus tímpanos. Tudo isso para divertir Janie Booth com as minhas expressões de *angústia*. Os espetáculos de som e luz promovidos por Terry contavam também, claro, com as surpresas da iluminação, para a qual ele usava de tudo o que dispunha: abajures, faróis, lanternas, isqueiros, o *flash* da câmera de Naná e todos os fósforos da casa.

Depois desses números, e da falta de expressão em nossas caras (e nenhum "Really!" da parte de Janie), Terry ficava infeliz e dizia, preocupado:

– Vocês estão tristes! Alegria, gente, alegria!

Na verdade Janie e eu estávamos *passados*. A presença desse irlandês maluco começava a tornar-se insustentável, e como ele não saísse de casa (a não ser na tarde em que o convidei a dar um passeio até Piccadilly e ele, literalmente, parou o trânsito na Regent Street), nossa paz, que já não era muita antes de sua aparição, desapareceu de vez. Entretanto todos sentiam um certo afeto por ele e ninguém tinha coragem de lhe pedir que se fosse.

Uma tarde deixamos Terry sozinho com Benjamin e fomos, Janie e eu, conhecer o novo apartamento do pintor Antonio Peticov, para os lados de Bayswater. Peticov, que a essa altura vivia com Pamela, pretendia fazer do apartamento alugado um centro de atividades artísticas no qual poderíamos desenvolver nossos talentos. Seria uma espécie de laboratório. O apartamento ficava na cobertura de um edifício de quatro andares. O elevador do prédio não funcionava e era preciso usar de instinto para se chegar à cobertura, tantas eram as escadas, as passagens secretas, etc.

Mas chegamos. Peticov abriu a porta e Janie fez um "Oh!" que foi seguido de vários outros. O apartamento era realmente amplo, mas a impressão que tivemos (e Janie, especialmente) foi a de estarmos em mais um dos parques de Londres. Num estilo mais para o *parapsicodélico,* Peticov pintara todo o apartamento como uma vasta, bela e harmoniosa paisagem. O assoalho e os rodapés estavam verdes, imitando gramados; aqui e ali, e em diversas perspectivas, árvores e mais árvores; atrás delas o céu de anil com nuvens brancas lembrando algodão-doce. E fontes, cascatas, colinas, vales, estradas, alamedas, canteiros, bosques, florestas mesmo. E a cada porta que Peticov abria, Janie Booth emitia "Oh!" Num quarto, o sol; em outro, a lua, estrelas e sugestões. Eram tantas as portas e tal a continuidade da paisagem peticoviana que, a uma certa altura, tive a impressão de estar *dentro* de uma nova versão de "Nancy goes to Hampstead Heath". Nisso ouvimos um som distante, parecido com o som de uma campainha. Quase nos perdemos tentando achar o caminho de volta à sala. Peticov abriu a porta. Era a proprietária do apartamento, uma senhora indiana que me lembrou instantaneamente a senhora Naiard, do primeiro capítulo deste livro. Não sei se pelo reflexo da pintura de Peticov, mas a impressão que tive foi que a mulher estava mais *verde* que a revolução idem, em seu apartamento. Ela estava *furiosa.* Não sei e nem tive idéia de perguntar ao Peticov o motivo que a levara àquela tarde ao apartamento. Talvez a cobrança do aluguel. O que sei, porque vi, foi que ela estava arrasada com a pintura de nosso amigo e ordenou que o inquilino se mudasse em, no máximo, uma semana. E retirou-se indignadíssima.

Peticov não se abalou. Ao contrário, teve uma idéia brilhante: nesses dias atracara no porto um navio despejando mil brasileiros, a maioria estudantes em férias; no dia seguinte, sábado à noite, Peticov daria uma festa de despedida, convidando todo mundo e cobrando ingresso, livrando-se assim da despesa de tintas, rolos e pincéis. Assim, o pessoal teria um tempo e sua obra seria vista e admirada. Janie Booth e eu fomos os primeiros convidados.

Nisso Janie e eu nos olhamos e lembramos que tínhamos deixado Terry sozinho em casa, com Benjamin. Despedimo-nos de Peticov, prometendo-lhe um *help* na divulgação da festa e corremos pra casa. Imaginamos encontrá-la no mínimo de cabeça pra baixo, Benjamin morto e, logo mais o pior, a reação de Naná.

Abrimos a porta e, juntos, Janie e eu, exclamamos nosso primeiro "Oh!": a sala nunca estivera tão em ordem! Um verdadeiro *brinco*. Limpa, cada coisa no seu devido lugar e Benjamin ronronando no tapete junto à lareira acesa. E Terry? "Oh!", sob um prendedor de papel na mesa um bilhete do maroto, agradecendo a hospedagem e a nossa amizade.

– Oh! – fez Janie, um "oh!" sofrido.
– E a cozinha?! – fiz. – Será que...?!

Corremos à cozinha e – Oh! – estava uma *zona*! Otimistas e oportunamente práticos, Janie e eu nos dispusemos a lavar pratos, etc., que, aliás, não era mais que nossa obrigação. E durante o serviço contei-lhe de Salisbury e da casa onde Terry vivia...

Naná chegou da BBC, viu todo o apartamento impecável, sentiu a falta de Terry e, ao saber que ele se fora, emitiu um "Oh!" de pura compaixão. Testou-nos para ver se tínhamos feito alguma *maldade* com ele e decidimos, os três, tomar o trem para Salisbury, nas primeiras horas da manhã seguinte.

CAPÍTULO 16

Uma visita a Terry

– Estava falando de vocês, seus malucos! – exclamou Terry, realmente surpreso e contente, quando Maureen nos abriu a porta e ele, no fundo da sala, sentado numa poltrona e rodeado de pessoas (certamente ouvindo suas histórias a nosso respeito), nos viu chegando.

E assim começou o sábado de Naná e Janie na casa em *Sólsburi*. Depois das apresentações, das simpatias recíprocas e do sentir-se em casa, minhas amigas mostraram-se curiosas de conhecer um pouco da cidade. Todos tiveram a mesma idéia: levá-las à catedral.

Não fazia tanto frio, o sol brilhava por volta da uma da tarde e o bando inteiro rejubilava-se de vida. O ar puro revigorava nossos pulmões, e a passarada, revigorada pelo bom tempo, antecipava o espírito primaveril. Naná e Janie mostravam-se encantadas com a realidade irreal de Salisbury. Ambas estavam recebendo tratamento de rainhas, pelos rapazes. Ross, Steve, Roger, Terry...

– Olha o John Ingleson! – exclamei, vendo-o sobre uma escada limpando a vidraça de um bangalô no fim da Love Lane. John, porém, não nos viu. Estava concentrado no trabalho.

Entramos na catedral e Janie emitiu um "Oh!" maravilhado. Outros jovens da cidade juntaram-se ao bando; Bruce e eu nos separamos deles. Atravessamos o gramado e acabamos entrando em uma livraria. Bruce me sugeriu a leitura de *The Lord of the Rings*, de Tolkien (um autor que até então poucos tinham ouvido falar).

– É um dos mais belos livros de todos os tempos – garantiu Bruce. O livro, volumoso, numa bela edição em papel da Índia, custava duas libras. Comprei-o com a alegria de quem adquire um tesouro inestimável. Mais tarde, quando chegamos em casa, Naná me vendo com o livro foi logo arrancando-o da minha mão, exclamando:

– Estava louca para ler este livro!

Sentou-se perto da lareira e foi lendo, lendo, lendo, ávida pelas mil e tantas páginas de *hobbits,* elfos, anões, e mil personagens inclusive árvores falantes, antiqüíssimas, árvores que andam à noite em uma de suas muitas florestas encantadas; magos e feiticeiros do bem e do mal; e produtos do passado da terra, ervas e poções, pedras e metais, espadas e cavalos, elementos e etc., noites sem fim e dias que, de tão fantásticos, terminam cedo demais; e a amizade, o companheirismo sagrado, a dor da separação, a traição; e montanhas, águias, águas, castelos e aldeias, heróis e vilões, alturas e abismos; e sobretudo anéis poderosos e decisivos, na ambição do poder; uma aventura cheia de aventuras emocionantes, com princípio, meio, fim, e infinitas passagens de poesia, canções e magia, etc.

E Naná não saiu mais de casa e nem desgrudou os olhos do livro. A casa, sendo sábado, dia e noite, esteve cheia até a madrugada. Nunca consegui entender como certas pessoas conseguem ler numa sala cheia de gente entrando e saindo, rindo e falando. Naná e Bruce conseguiam.

– Estou numa parte que é igualzinha a esta casa, que loucura! – exclamou Naná subitamente.

– Que personagem você acha que se parece comigo? – perguntou Rory Malston, de Amesbury.

– Ah, não sei – respondeu Naná, voltando à leitura.

"É sábado à noite mas tem qualquer coisa de domingo...", cantava Tony Adamanson ao violão, e o verso seguinte: "O livro que você lê é apenas a opinião de um homem sobre o luar..."

– Oh! Que bonito! – exclamou Janie Booth, no final do número, enquanto Naná virava outra página.

– Oh, case comigo, Bivar! – me propôs Terry, na frente de todos, enquanto eu conversava em português com Maria

Luisa, sua mulher, que era portuguesa e trabalhava de enfermeira no hospital da cidade. Tímido, peguei um dos meus cachos, levei-o à boca, me pondo a mastigá-lo como que distraído. Terry, apesar de lembrar o Errol Flynn, não era exatamente meu tipo.

– Bivar está casado com todos nós! – disse Bruce, olhando-me com um sorriso protetor. Fiz que não merecia tal felicidade e Bruce acrescentou: – Você é humilde, Bivar! – Não sei qual foi minha reação, devo ter ficado um pimentão, pois Bruce foi mais longe: – Você é um arco-íris, Bivar!

Nisso notei que Janie Booth estava confusa de tão assediada pelos rapazes. Um lhe atraía com uma coisa; outro, com outra; pedras, velas, sinais, Janie não conseguia expressar nada que fosse além de "Oh!" ou "Really?" Mas, repentinamente, era só ela quem falava e os rapazes francamente adorando a garota de Nova York. Sotaques em contraste. Maria Luisa também tinha o dela, de Portugal: – Meu Deus, como estou confusa! – Confuso fiquei quando Anthony Chivers chegou e me deu de presente um filhote de ganso. Fiquei sensibilizado com o brinde mas... o que fazer com ele? Levá-lo para Londres, à casa de Naná? E Benjamin? E depois? Mesmo porque a casa de Naná não ia durar muito. Logo ela abandonaria o emprego na BBC porque Marrocos já a esperava. Tudo era passageiro naqueles dias e eu não podia ficar carregando um ganso pra lá e pra cá feito Baudelaire com sua tartaruga.

Equilibrei a infante ave no joelho e sorri encabulado para os que esperavam de mim qualquer reação. Naná tirou os olhos do livro para comparar o que acabava de ler com o que estava vivendo, naquele instante. Parecia feliz. Nisso chegou a boa Maureen, com a sacola de mantimentos e contando, entre suspiros de alívio e de exaustão, que fora pega furtando no supermercado, tendo ficado presa mais de duas horas. No final a polícia e o gerente a perdoaram e liberaram a mercadoria, desde que ela prometesse que não seria apanhada furtando uma segunda vez. Maureen ficou um pouco na sala e foi pra cozinha preparar o jantar.

– Como essa corrente foi parar no seu pescoço? – me perguntou John Ingleson. E acrescentou: – Porque era minha e eu dei para a Maria Luisa.

– E eu dei pro Terry – disse Maria Luisa.

– E o Terry me deu – falei. – Você a quer de volta? – perguntei ao John.

– Foi minha mãe quem me deu – fez ele, com cara de menino culpado.

Ia tirando a corrente para devolvê-la, mas John não deixou. – Fique com ela. Você viaja mais e São Cristóvão é protetor dos viajantes – ele disse.

Pedi consentimento a Anthony Chivers e dei o filhote de ganso de presente ao John Ingleson.

John Ingleson brincava com o filhote de ganso. Bruce saiu para dar uma volta e voltou trazendo "seu tipo inesquecível": trouxe um mendigo chamado Harry que encontrara bêbado e arrasado nos jardins à beira do Avon. Harry, uns quarenta anos, dava a impressão de maldito e na fossa. Harry não queria conversa e foi logo pegando o primeiro saco de dormir que viu na sala e que, por coincidência, era o de Naná.

– Não, meu *sleeping bag* não! – gritou Naná, largando o livro e indo a passos largos até Harry, tomando-lhe o saco das mãos. Harry blasfemou, Naná nem ligou. Harry pegou outro saco de dormir. O meu.

– Não, o meu também não! – fiz, indo lá e tomando-lhe o saco. Nisso Bruce desceu a escada com um cobertor e Harry, enrolando-se nele, se jogou num canto e no minuto seguinte roncava sem nenhuma cerimônia.

No *cool* da madrugada chegou o guarda da ronda noturna para tomar sua xícara de chá, e um dedo de prosa, conforme já se habituara, nas noites de sábado na casa amiga.

OS PIOLHOS DE TONY ADAMANSON: Na manhã de domingo acordei como quem leva um pisão no calo. Abri os olhos, assustado, e vi gente carregando colchão, travesseiro, almofada, subindo e descendo a escada, apressada. "Que será que está acontecendo?", pensei. Saí do meu saco de dormir e corri ao banheiro. Na passagem vi gente varrendo o quarto de Bruce. Pela vidraça do banheiro avistei, no quintal, John Ingleson, Maureen e Steve agitando os colchões. Lavei o rosto e desci pra saber o que estava acontecendo. Um cheiro de gasolina e inseticida e Sadie passando pano molhado no chão. Foi então que Janie Booth me contou que Mary tinha descoberto piolhos nos cabelos de Tony Adamanson. Janie e Naná decidiram retornar a Londres incontinenti. Terry decidiu ir com elas.

– Vou para Londres procurar emprego. Não posso continuar vivendo numa casa com piolhos – disse Terry à Maria Luisa. – Depois volto pra buscar você.

Maria Luisa não disse nada. Como boa portuguesa, conhecia bem os fados. Subiu para ajudar os outros a juntarem roupas, cobertores, roupa de cama, toalhas. E foram, em bando, para a lavanderia automática da rua principal, que ficava aberta nos domingos.

Fui meditar num banco do jardim na Bourne Hill. Em breve eu também partiria. Não só de Sólsburi mas da Inglaterra, da Europa... Chorei. Amava demais aquilo tudo.

CAPÍTULO 17

Fugas e despedidas

Assim que cheguei de Salisbury, Janie Booth me contou que José Vicente fora embora de vez para Paris. Sem deixar mensagem escrita, recado, nada. Nem bem eu me recuperava desse choque, nos chegava a notícia que um casal brasileiro da nossa turma, voltando de Marrocos, fora flagrado em posse de formidável quantidade de haxixe no aeroporto de Heathrow. Ela foi deportada para Paris e lá liberada, enquanto ele, de uma prisão de Londres, mandava recado aos amigos pedindo uma *Super-8* para filmar suas experiências atrás das grades. Uma experiência que, segundo outros que lá estiveram, não deixa de ser interessante. Na nossa vida nada se perdia, tudo resultava em *instant art*. E as mudanças se aceleravam: Johnny e Maria se separavam. A família dela conseguira finalmente arrancá-la dos braços fogosos de Johnny, quase que arrastando-a pelos cabelos de volta ao Brasil e ao bom senso. O pobre do Johnny ficou baqueado, embora Maria lhe tivesse jurado de pés juntos que assim que desse voltaria. (Pausa.) Enquanto tudo isso acontecia, Caetano começava a gravar seu primeiro LP inglês. E fomos todos pro estúdio, um dia, para os devidos *backing vocals,* nas músicas "If you hold a stone" e "London London". Fiz aquilo que sempre faço quando tenho que fazer coro: a segunda voz. Adoro. Por seu turno, Gil iniciava sua primeira turnê profissional fazendo o circuito dos clubes, começando pelo *Marquee,* o que significava começar no lugar certo. E assim, com um acontecimento atrás de outro, chegou finalmente o dia do concerto dos *Rolling Stones.* E lá fomos nós para a *Round House.* Caetano adorou o show. Dedé filmou parte dele com sua *Super-8.* Naná gostou mas não desmaiou; Peticov se decepcionou, achando os

Stones "desonestos"; Clóvis Bueno gostou tanto que ficou para a segunda sessão.

– Já não há mais rouxinóis em Berkeley Square... – disse a aristocrática Jane na manhã em que ela e Andrew me fizeram companhia até o *office* da Air France, perto de Berkeley Square. Fui saber se a minha passagem de volta dava alguma chance de esticar a estadia no bom exílio. Eu queria, ainda uma vez na vida, ver de novo a explosão da primavera, que estava perto. Mas a chance que havia era mínima: tratando-se de uma passagem de cortesia, a Air France só permitia, como último consolo, apenas mais uma semana de lambugem. Resignei-me: uma semana já estava ótimo.

Jane, linda, *fair,* foi das inglesas mais inglesas que conheci e no entanto duvido que algum francês fosse mais racional que ela. Jane era socialista meio que radical. Brilhante, estudava literatura. Falávamos de Jane Austen com certa naturalidade. Com Jane eu me sentia tão *upper*! Adorava. Ela era uma princesa e Andrew, um príncipe. Andrew Lovelock era um original. Até no jeito casual-distinto de se afirmar um rapaz comum. Ele combinava bem elegância com excentricidade. Embora *príncipe,* não era nada elitista e sim muito espontâneo no seletivo. Até na cristã e fraterna esmola que dava aos pedintes com os quais simpatizasse, na calçada e no metrô. Comigo Andrew era mais que generoso: me oferecia emprestados seus melhores discos e livros, objetos artísticos e às vezes até roupas. Andrew deixava sob os meus cuidados (desconfio que ele preferisse que Jane, não vendo, ignorasse) todo o seu haxixe do bom (e aqui a quantidade também era generosa), sua máquina de enrolar baseados de 18 centímetros e tudo. Ele próprio se confessava um hedonista irresponsável.

No sábado ele me acordou às sete da manhã e fomos de trem para Salisbury. Quase chegando ele me apontou, da janela do trem, uma casa de campo, uma casa majestosa, tipo casa de capa de romance gótico. Ah, pensei, então é por isso que Jane é tão seguramente aristocrática! Porque ela é realmente uma aristocrata! E da aristocracia rural inglesa, que é mais chique e mais fechada! Me senti tão bem relacionado! E depois, a paisagem era tão linda e a casa tão imponente – três andares, cercada por um gramado verdejante e com árvores frondosas não muito perto para não sufocá-la. Sim, porque Jane era minha amiga, ela gostava de mim. Ela me dizia coisas, coisas francas, que poderiam soar agressivas, mas que nela eram perfeitas. Ela me dizia, por exemplo: "Você não pode ter todos os sotaques; se quiser entrar na sociedade inglesa, você tem que ter um", isso porque teve um dia que, para impressioná-la, usei de todos os sotaques que tinha aprendido nesse ano em que convivera com todas as classes e aprendera todas as pronúncias, do *cockney* ao *upper class,* passando por, entre outros, os sotaques de Glasgow, Dublin, etc., incluindo o pop e o *classy.* Jane disse que não. Que eu tinha que escolher um. O dilema era.... qual deles? Todos eram tão chiques que não poderia optar pelo *cockney* abandonando assim o *upper.* Mas... abandonar o *upper*? Porque, se também... etc., nem pensar, pensei.

Andrew e eu, com os cotovelos apoiados na balaustrada da ponte sobre o Avon. As águas do rio, depois da passagem das chuvas, estavam de novo límpidas e tranqüilas. Já dava para perceber, ao fundo, suas algas verdes. E na superfície, os cisnes. A hera já mostrava seus brotos, no paredão perto do *Old Mill.* Em duas semanas estaria coberta de folhas novas. Por todos os lados sinais evidentes da primavera chegando. E chegamos à casa da Saint Ann Street.

Nisso desce a Maria Luisa, aflita por notícias de Terry. Contei a ela a verdade: que Terry entrara para a Missão da Luz Divina e desaparecera. Maria Luisa teve uma comoção e abriu um tal berreiro que deixou todo mundo desconcertado, consternado e constrangido. E todos fugiram da sala, da casa, saindo pra cá e pra lá, pra casa de chá, à catedral, etc.

Me ofereci para acompanhar Bruce, que ia buscar o par de botas que encomendara num sapateiro barato no outro lado da cidade. As botas não estavam prontas e na volta desviamos até os jardins à beira do Avon onde, no seu recanto favorito, Bruce me sensibilizou profundamente ao confessar que escrevera uma carta à Universidade de Essex solicitando informações sobre o curso de Português. Pela nossa amizade, Bruce ia estudar a minha língua!

E ainda ali no seu recanto favorito ele me contou que estava namorando Angela Dodkins, que eu ainda não conhecia.

– Às vezes eu quero ser um guru e até nisso Angela é boa, porque o máximo que ela me permite é ser um guruzinho, não mais que isso. Às vezes ela é uma *lady* de olhos profundos e com sabedoria antiga que só as mulheres das terras baixas têm; outras vezes ela é um anjo sorridente que gosta de brincar de diabinho; ou então uma mãe idosa, ciumenta e cheia de zelos com sua cristaleira. Preciso de todas elas.

– Qual a idade de Angela? – perguntei, porque Bruce eu sabia que tinha dezoito.

– Dezesseis – respondeu ele. E falamos dos rumos de nossas vidas e da casa na Saint Ann Street. A comunidade também não duraria muito. Bruce disse: – Lendas acontecem a todos, mesmo aos que dizem "Os melhores anos da vida são os anos da escola primária; ou "Os melhores amigos foram os do tempo da universidade"; ou "A vida acaba quando a gente se casa". Lendas são felicidades que causam tristezas quando se acabam. O real nisso tudo é o que fica; e talvez algo desse real esteja na casa agora; mesmo que as pessoas se separem e suas vidas tomem outros rumos, é certo que dessa experiência algo permaneça em nós, para sempre. Somos muito jovens, e com tantos defeitos, mas você nos ama e nos ama ainda mais pelos nossos defeitos. Não existem mais muitas pessoas como você, Bivar.

Quase sem coragem de encarar Bruce, pensei, francamente fatalista: "Tudo que me restará será lembrar desse tempo porque certamente tão cedo não terei outro semelhante". E voltamos à casa.

Tony Adamanson, no quarto, selecionava o repertório para o recital programado para a catedral logo mais às onze da noite. Quando saímos de casa, por volta das dez e meia, estava mesmo um temporal desses de deixar o homem morto de medo, com a impressão de que o céu vai desabar justamente na sua cabeça: relâmpagos, trovoadas e uma chuva torrencial e vendavalesca.

O ÚLTIMO RECITAL: O recital de Adamanson era um acontecimento social que atraía não apenas os de casa e agregados, mas também uma considerável faixa adolescente, alternativa, da cidade. Até Verônica conseguira folga do trabalho.

Tony Adamanson já está no palco – que fora especialmente montado para o evento. A catedral está feericamente iluminada. O menestrel pega o violão e sorrindo anuncia o primeiro número, "Patos na Lagoa", provocando suspiros na platéia porque é uma das favoritas de todos, uma canção cujos versos começam bem simples, contando de patos na lagoa traçando círculos graciosos na água e... (aqui você perde um ou dois versos porque Maria Luisa, começando a inquietar-se, te cutuca pra perguntar: "E Terry? E Terry?") a canção segue. Agora o menestrel conta do leão e do unicórnio e de como uma encantadora donzela (teus olhos procuram Verônica) consegue fazer do leão um cordeiro amoroso seguindo-a passivamente (teus olhos seguem os de Verônica) até onde os anjos estão (aqui encontram os olhos de Anthony Chivers, que te passam uma telepática ininteligível, pousam no amável perfil de John Atkins e passam pelos namorados do dia, Angela Dodkins e Bruce Garrard, de mãos dadas) e procuram John Ingleson, encontrando-o a roer as unhas com os olhos fixos no palco. O menestrel continua sua canção:

"Perguntei ao gelo e ele não respondeu
Apenas rachou e se moveu..."

E a canção avança, tão bonita, com passagens ora alegres e aceleradas (a todos tentando à dança), ora tristes ou enfeitadas de imagens góticas, simples ou pastorais, como o verso que fala "Alô, preciso ir embora, ouvi mamãe chamando e tenho que tomar meu rumo...", ou aquele outro, da jovem lavadeira no riacho esculpindo crocodilos com espuma de sabão. E vai, e vai, até o refrão:

"Seguindo meu destino
Agora que o Santo Graal foi encontrado
E o pão sagrado do céu
Por todo o mundo distribuído
Adeus sofrimento
Deus abençoe a porta aberta
Que já não tenho mais casa neste mundo..."

Adamanson termina o número, agradece os aplausos, bebe um gole d'água, sorri, passa os dedos longos e finos por entre os longos e resplandecentes cabelos ruivos e você pensa: "Será que ele ainda está dando guarida aos piolhos?", lembrando-se daquele domingo em que o elfo dissera que piolho também é filho de Deus. O elfo sorri e anuncia o próximo número, "Maya", também conhecidíssimo do público e cujo refrão reza que o mundo não passa de um brinquedo e que melhor é a gente ser alegre e brincalhona.

– Ai Jesus, estou ficando louca! – grita Maria Luisa, elevando o agudo da voz a uma altura estridente que o próprio menestrel no palco leva um susto e desafina. Todos os rostos se voltam para a portuguesa. Rostos serenos, solenes, belos, belíssimos, mas frios, gélidos. Como que passando uma corrente telepática que diz: "Emoção à dramalhão lusitano é *out*".

Maria Luisa aquieta-se. Alguém, surpreendentemente humano, vem correndo socorrer a aflição da portuguesa trazendo uma caneca com chocolate quente.

Depois do agradável recital volta-se à casa ainda sob forte aguaceiro. Maureen prepara um suculento espaguete que é devorado em dois minutos.

ADEUS SALISBURY: Na tarde do dia seguinte, domingo, tempo belo, pombos nos campanários, Bruce e Angela me chamam a passear com eles à beira do rio. A vivacidade espontânea de Angela em comunhão com a natureza. Num canto do rio ela me aponta para um cardume de girinos; e botões nos olmeiros; na relva, prímulas, mal-me-queres, azedinhas, anêmonas, tuberosas, calêndulas, jacintos – flores em botão, entreabertas ou já abertas. Miosótis! Flores chegando aos poucos, umas aqui e outras ali e repentinamente o aroma das primeiras... e subitamente um campo delas, as violetas, azuis e brancas, oh! E a passarada trinando, chilreando; a cotovia cantara pela primeira vez a 15 de fevereiro, há exatamente um mês, Angela nos conta. O pardal, o pássaro-preto, a pega, a gralha; a carriça, tão distinta na sua plumagem castanho-escuro. Uma minhoca se contorce no bico do chapim que, em seu ninho, alimenta os filhotes. O cuco, o tordo, o martim. E o pintassilgo, como poderia Angela se esquecer do pintassilgo? E o pintarroxo! E olha, ali, o tordo de peito ruivo, colhendo palha pra fazer seu ninho na cerca viva! E as andorinhas que chegam porque falta só uma semana para a data da primavera que, despertando do sono invernal, já se mostra mais que impaciente em sua alegria incontida pra que o dia das cores e de todas as flores e mil amores chegue logo, etc., rumo ao verão pleno e cálido. As aves que aqui gorjeiam certamente são parentas distantes das que gorjeiam lá. As mais ousadas atravessam ares e mares. Que saudade do canto da nossa sabiá... eu, aqui, tagarelando feito maritaca tropical.

Céu azul ar delícia varrendo a fundo pulmões nicotinados. Um sapo pulando num tronco. E andando, andando, chegamos perto de onde já é uma fazenda. Vacas e bezerros vêm correndo, alegres, ao encontro de Angela. Feito amigas antigas. Notícias de casa, falam do tempo, do que se renova. Março, é o lavrador arando, semeando, aparando as cercas vivas; é o ouriço saltando fora e fugindo espavorido... Oh bela, clara, sábia, esplendorosa, generosa e bem-cuidada Inglaterra!

Angela lembra que é tempo de voltar à casa. Eu quero ficar um pouco só e lá se vão eles, os namorados. No verão, combinaram, irão trabalhar no campo, na colheita de morangos e framboesas. Fiquei um momento mais, para me despedir do Avon e do espírito do lugar. Eu era um cavaleiro andante. Um pouco triste por ter que partir para longe dessa távola, mas ao mesmo tempo feliz por ter conquistado a lenda e o ideal.

ADEUS INGLATERRA: E de volta a Londres para os últimos dias fui levado por Andrew e Jane – e acompanhado de Juanita – a conhecer os Jardins Kew. Levei a *Super-8* e rodamos um filme que captou o idílio do jovem par assim como Juanita comendo uma maçã ao entrarmos na exuberante estufa tropical, onde os pés de café e o lago com nenúfares evocam fazendas em São Paulo e a floresta amazônica, café e borracha e, de novo ao ar livre, o último *take* e o *zoom* levando mais pra longe um avião passando.

E toca a arrumar as malas. Não muita coisa. A maioria livros, revistas, discos, papéis, canetas, um estojo de aquarela (talvez encontrasse tempo pra mexer com pintura), bom papel, dois pincéis de marta, uma paleta, duas calças e quatro camisas mais ou menos novas. Fora a roupa velha. E alguns presentes e lembranças para os de casa e amigos. E os presentes que eu mesmo recebi nesse dia, de Peticov, Janie Booth, Naná, Jane e Andrew. Andrew, extra-oficialmente, deu-me também sua máquina de enrolar baseados de 18 centímetros, além de um rolo de papel-de-seda especial para enrolá-los e uma boa pedra de haxixe. Na alfândega, que pândega, seria eu tachado de maloqueiro? Ao todo, um excesso de vinte quilos que, para não ter que pagá-lo, Naná sabiamente me fez espalhar por sacolas e bolsões e levar como bagagem de mão.

Pouco antes de rumar para o aeroporto, o telefone tocou:

– *Hi* Bivar! Como vai você? – dizia a voz. – Quem fala? – perguntei. – Philip – respondeu. – Quem?! – perguntei, não me lembrando de nenhum Philip. – Você não se lembra de mim, o Phil, da casa de Johnny e Maria, na primavera passada? Do festival de Newcastle? – Claro que agora me lembrava. Phil, filho de inglês com chinesa, que se vestia tão na moda *trendy,* botas de salto altíssimo, em couro de *lezard,* e que se apaixonara por Renata Souza Dantas, que fora radical em lhe dar um NÃO definitivo! Claro que me lembrava de Phil. E exclamei: – Phil!

Daí contei que estava voltando para o Brasil e que por lá fatalmente o regime não estaria pra peixe mas que, meio que passarinho, eu acabaria descobrindo meu espaço pra voar, aquelas coisas.

– Eu soube – falou Phil. Johnny tinha contado a ele. Fora Johnny quem dera a ele meu telefone. Era por isso que Phil estava ligando! – Você não quer um emprego de jardineiro na Cornualha?

– O quê?!

– É isso mesmo, *man.* Estou vivendo numa comunidade lá. Um dos rapazes trabalha num parque e disse que tem vaga pra auxiliar de jardineiro. Lembrei que você sempre dizia que queria trabalhar num parque e...

Phil chegava tarde demais, pensei, me lembrando do final daqueles filmes todos. Agradeci a ele pela boa lembrança mas, que pena, já estava de vôo marcado e até um pouco atrasado.

E preferi que ninguém me acompanhasse. Tomei um táxi até a terminal em Earl's Court e de lá um ônibus pro aeroporto.

CAPÍTULO 18

Paris será toujours Paris

– Bivar, *love*! – gritou José Vicente me acenando da recepção em Orly. Ao lado dele estava um rapagão alourado e barbudo, o qual, após a emoção do reencontro, José me apresenta como Paul, da Austrália. José diz que serei hóspede de Paul, que mora perto do Boulevard Saint Germain. "Imagina eu na *rive gauche*!", pensei, achando chique e entrando no velho *Dauphine* do moço.

Paul mora numa água-furtada. Uma vez lá em cima, enquanto observo alguns títulos da pequena biblioteca dele – *Declínio e queda*, de Evelyn Waugh; *Querelle*, de Genet; *O imoralista*, de Gide; *Os demônios*, de Dostoievski; o *I Ching*... – José Vicente vai me contando:

– Cacá, Nara e Isabel estão voltando para o Brasil...

Sorrio para o Paul enquanto José continua:

– Marcos e Maria Lúcia Dahl, me parece, estão se mudando pra Amsterdam ou pra Roma, ainda não se decidiram...

– E você? – pergunto.

– Ainda não sei – responde vagamente José. – Estou ajudando um tradutor a traduzir as minhas peças... Estou completamente duro, *honey,* quem está me sustentando é meu editor aqui...

– Mesmo assim é chique – falei. José riu. Paul não entendeu. Foi pro canto preparar um chá. Continuei: – Mas você não ia voltar pro Brasil?

– Agora já não sei mais, minha passagem de volta ainda vale muitos meses e... Vou esperar a explosão da primavera e depois decido. Afinal, você já conhece a primavera européia e eu ainda não.

José conta que também está escrevendo uma peça para montar no Rio quando voltar, que está trabalhando muito e que quase não sai; quando sai é pra conhecer gente interessante como a Helène Weigel, da turma do Brecht. Rimos. Paul volta com o chá. Sorvemos. José conta que está morando no apartamento de um casal de amigos, universitários cariocas. Paul nos oferece um *joint* de haxixe do Afeganistão. Descemos às ruas.

Ah, Paris à luz natural do quase crepúsculo, enquanto as outras vão se acendendo! *Voilà*. Pena que dessa vez, pra mim, Paris só *en passant*. Sentados no *Flore*, conversamos de futilidades; e como sou o único que não conhece a cidade, me sinto assim meio que *maladroit*. Na falta do que perguntar, pergunto: – E o existencialismo?

– O existencialismo aqui está tão vivo quanto em 1945 – responde José e vai em frente: – As pessoas são agressivas, arrogantes e politizadas. Outro dia perguntei a um rapaz: "Onde fica a rua Jean Jacques?", e sabe o que ele respondeu, ou melhor, sabe o que ele me perguntou? "Que Jean Jacques? Rousseau?"!

– Você não acha que a gente está falando alto demais? – perguntei. E José respondeu:

– Falar alto não é propriedade dos brasileiros, mas dos latinos, repara. – Reparei. Era verdade. José continuou – Os franceses gritam! E o que comem! Até os *heads* daqui são caretas – concluiu.

Eu estava adorando Paris. Estar no *Café Flore,* onde outrora grandes e pequenos vultos pontificavam em longos papos a respeito de guerra, política, literatura, música, filosofia, modas e *moeurs*. Onde Sartre e Simone passavam as tardes escrevendo...

Observando José percebo que ele ama Paris. E, pensando bem, ambos estávamos na cidade-luz graças ao teatro (e ao nosso talento, claro!), à crítica que nos elegeu e ao prêmio *Molière,* sob os auspícios da Air France...

Paul quase não falava. Vagamos pelo Quartier até chegar a hora de ir dormir. José tomou o metrô e eu fui pra casa com Paul.

Manhã seguinte: quando abri os olhos o gentil Paul ainda dormia. Apurei os ouvidos aos primeiros sons desse meu primeiro despertar parisiense: a música do acordeom vinda de um rádio vizinho e o tique-taque do relógio. O despertador tocou e Paul saltou da cama atrasado para a escola. Vestiu-se correndo, preparou um rápido *déjeuner* pra dois, pegou o material, me deu um mapa da cidade, uma cópia da chave e saiu pra mais um dia de antropologia na Sorbonne. E eu, sozinho em casa, observo a mansarda de teto enviesado, janelinha dando pros fundos, as ilustrações na parede: o pôster de um cavalo albino com um capim entre os dentes e um mapa da Europa; uma cômoda; uma escrivaninha sobre a qual alguns livros de estudo e uma máquina de escrever *Brother,* portátil; o aquecedor; num canto, uma pia e um bidê; e estando em Paris mesmo, e não tendo nem banheira e nem chuveiro na mansarda, nada mais natural que um banho de assento. Foi o que fiz.

Manhã de bom ar, friazinha, céu azul e lá vou eu ao encontro de José, levando na mão o mapa que Paul me dera. São dezoito quarteirões até lá. Vou a pé pra conhecer um pouco mais do *au jour le jour* das ruas de Paris em manhã normal beirando a florada primaveril. O povo me parece simpático, com uma certa característica ensimesmada, talvez. Sendo um dia útil e enquanto operários de feições argelinas, britadeiras na mão, por exemplo, dão duro no batente, eu penso... Aconteça o que acontecer, enquanto o mundo continuar assim, ao que tudo indica, os operários continuarão dando mais duro que todos nós e sempre percebendo menos do que merecem. Que é que se pode fazer?

Não se pode deixar de pensar nessas coisas, estando em Paris e assim desocupado. José demorou a acordar. Abriu a porta resmungando qualquer coisa a respeito de ter ficado acordado a noite inteira escrevendo, que horas eram? Nove horas da manhã? Ai que cedo!

– É que só tenho mais hoje de Paris e quero ficar um pouco mais com você. Além do que, tem coisa que só você pode me mostrar, já que a cidade é sua – falei.

Ligeiramente mal-humorado, José foi pro banheiro e na volta me levou pra mesa, onde já se encontravam queijos, geléias, pão preto e patês. Fomos pra cozinha fazer um chá. Comentamos as notícias alarmantes publicadas nos jornais. José disse:

– Nesta cidade fala-se de política vinte e quatro horas por dia.

Terminado o desjejum (o meu segundo, nesse dia), José diz:

– Já sei onde vou te levar: no Museu dos Impressionistas.
– Ótimo – falei. – Manet, Monet...

E toca ir pro tal do museu, no Jeu du Pomme. E ali ficamos observando mais as pessoas olhando os quadros que as pinturas, nós mesmos, elas próprias. Mas, claro, não deixei de me deter deslumbrado por alguns minutos diante do "Déjeuner Sur L'Herbe". Charme e malícia, uma certa inocência, cor e vida sobre a relva. – Vai escrever que eu vou bater calçada um pouco mais – falei, liberando José. Se havia algo de sério entre nós era o respeito mútuo pelo trabalho um do outro. E José estava aflito para trabalhar. E lá fui eu, sob o céu de Paris, acender uma vela para as almas na Notre Dame, para depois imaginar-me suicidando-me no Sena, achando lindo, vagando aqui e ali, cartazes de cinema, livrarias, bares e cafés, ruelas tortas, metrô, a Torre e, logo mais, uma vez nos Elíseos, passar sob o Arco – só pra depois não dizer que não passou sob o Arco... E assim foi Paris. E assim era a vida. Não podia me queixar. No dia seguinte Paul faltou à aula pra me levar ao aeroporto. O avião levantou vôo e logo depois eu adormecia feliz. A aventura fora ótima. Tinha passado um ano e uma semana na Europa. Já sobrevoando o Atlântico, acordei. Tirei do bolso e abri ao acaso um livro com a poesia de Keats: "Quando tenho medo..."

Medo algum, Percival.

Fecho

As amizades, apesar da barreira do tempo e do espaço, continuam firmes. Dia desses Gert Volkmer me ligou de Amsterdam, onde vive, pra saber como eu estava, pois fazia tempo que não recebia carta minha. Tinha eu recebido seu cartão-postal de Biarritz? Tinha. Gert hoje é ilustrador de livros infantis e *performer*, apresentando-se nos clubes da cidade como Gert Berlin. Apesar de nosso convívio pessoal não ter durado mais que um mês, em 1970, durante todos estes anos nunca deixamos de nos escrever. Em 1981, estando eu de novo em Londres, dei uma esticada e fui passar duas semanas com ele, em Amsterdam. Foram dias deliciosos. Uma madrugada até saímos para roubar bicicleta. É que tinham roubado duas bicicletas de Gert naqueles dias, uma após a outra, e aí nós achamos que também já era demais.

As amizades, a despeito de tudo, continuam. Por cartas, telefonemas e encontros breves. A sorte me acudiu outras vezes e durante esses anos voltei à Europa para outras temporadas. Em 1972/73, por exemplo. Nessa fase passei uma boa temporada em Paris, onde uma peça de minha autoria ia ser encenada, com Micheline Presle e Norma Bengell, dirigidas por Gilda Grillo. Norma e Gilda já eram grandes amigas minhas, e Micheline Presle, bem, Micheline, além de ter feito parte do melhor do *le tout Paris* do após-guerra, na turma de Sartre, Gerard Philipe, etc., fora também *leading lady* em Hollywood, tendo contracenado com astros do gabarito de John Garfield, Errol Flynn e Tyrone Power, etc., além de ser uma criatura deliciosa. Foi pena a nossa peça não ter saído. Pelos ensaios já se via que Micheline e Norma fariam uma dupla brilhante (por Micheline) e sensacional (por Norma). Ostras e champanhe, Micheline e eu nos tornamos grandes camaradas e ela até me fez prometer que escreveria uma comédia para ela estrelar na Broadway, a exemplo de outra parisiense sua amiga, a Danielle Darrieux. Promessa que, como tantas outras, nunca tive tempo de cumprir; mas que são sempre válidas, uma vez que sonhar não custa nada. Dorotê Bis foi nessa fase. Eu morava na rua Bonaparte, no banheiro do apartamento de três garotas espetaculares. Uma delas, Anémone Bourguignon, hoje é estrela famosa, no cinema, em capa de revista, tudo que ela, grande comediante, merece.

Mas daí era verão e fomos pra Formentera, nas Baleares, no *entourage* de Norma Bengell, que atuava *in location* num melodrama para a televisão francesa. E lá fomos nós, carregando os apetrechos da estrela, inclusive rádio-vitrola e discos. Gilda Grillo, José Vicente, Isabel Câmara e eu. Isabel, recém-chegada do Brasil, gozava a passagem do prêmio *Molière,* que abiscoitara com sua peça "As moças", no Rio. Grande poetisa, a Isabel; em Formentera ela passava a maior parte do tempo no *Café des Pirates,* bebericando conhaque e escrevendo longas cartas poéticas para um amor que deixara no Rio. Figos, lavanda, buganvílias e lagartixas. O azul madreperolado do Mediterrâneo e nós, na praia dos nudistas. E Francisco, o guia turístico, que se encantou por Isabel; mas aí a poetisa já jogava as tranças para o garçom do *Des Pirates* porque, malandra a Isabel, o garçom também estava encantado por ela e lhe servia de graça os conhaques.

Em 1975, hóspede de Andrew e Jane, em Bowerchalke, fui recebido pelo cientista James Lovelock, que naqueles dias ganhara a capa e uma grande matéria na revista *New Scientist* por uma busca e uma descoberta, de cunho salvaterra, no fundo do oceano. *Gaia* era o nome desse trabalho, numa homenagem à alegre deusa da fertilidade. O nome foi sugerido por William Golding, o escritor, grande amigo de James Lovelock. Anos depois Golding ganharia o Prêmio Nobel de Literatura. *Gaia:* nosso planeta ainda tem vida para, no mínimo, quarenta milhões de anos. James Lovelock me encheu de esperança quanto ao futuro de nosso planeta, além de me oferecer do vinho de sua adega. Andrew Lovelock, seu filho e meu amigo, agora era matemático e trabalhava com computadores. Viajava o mundo, férias em Barbados. Seu casamento com Jane durou uns cinco anos.

Em Londres, já em outra temporada, 1981, cheguei a dar uma *lecture* sobre a história do teatro brasileiro, no *Institute of Contemporary Arts,* que é o que há em vanguarda chique. Consegui fazer uma *performance* espirituosa, levando a platéia ao riso gostoso inúmeras vezes. Nessa época Carmen Miranda tinha voltado mais uma vez à moda e agora estava sendo cultuada pela turma *new-camp* da geração *pós-new wave*. Então, aproveitando o ensejo, para o evento eu fiz um gênero meio que *bando-da-lua,* vestindo um terno anos 40 à malandro do Cassino da Urca. Uma camisa de linho verde-garrafa *Gianni Versace,* que comprara numa liquidação em Treviso, e uma gravata *Christian Dior* antiga, de seda pintada à mão, que comprara por alguns tostões num bazar de pechinchas no fundo da paróquia em Harrow-On-The-Hill. Minha palestra foi em inglês. A primeira gargalhada foi quando, já suando de molhar a indumentária, na altura da página cinco, eu disse: "Se estiver sendo uma tortura pra vocês, me falem que eu paro. Sim, porque pra mim *está sendo* uma tortura. Estou só na página cinco e ainda tem outras vinte pela frente".

Foi um sucesso. Nem é preciso dizer que, chegando em casa, meu bolso estava cheio de telefones de garotas e senhoras, que me acharam uma "gracinha", umas, e "charmoso", outras. Mas a grande surpresa da noite foi Andrew Lovelock, que vira meu nome na revista *Time Out,* onde Horst Toegge, o organizador do evento, me apresentava como um autor brasileiro *distinguished,* distinto. Só fiquei sabendo que Andrew estava lá depois de finda a palestra, quando recebia os cumprimentos. Andrew disse, positivamente, que eu estava apto a fazer uma turnê com essa mesma *lecture* por toda a Inglaterra, tipo *one man show*. A primeira cidade a me convidar foi Cambridge. Nessa época minha preguiça já beirava o patológico e só cheguei na cidade bem depois da hora programada. Não havia mais público esperando. Suspirei aliviado. Não sabia se sobreviveria às emoções de outra *lecture*.

Mas por muitos lugares onde passei, em Cambridge, pelos bares da cidade e áreas de lazer da universidade, vi cartazes me anunciando. Achei chique.

Ainda em 1981 passei temporadas nas casas de Andrew, Bruce, Roger – todos agora casados e pais de crianças formidáveis, com as quais fiz instantânea amizade. Rory Douglas, filho de Andrew e Carole, me xingou de "silly Beavar" (Bivar bobo), só porque não o deixei – como ele queria – ir sozinho por um caminho e eu por outro, para nos encontrarmos na porta de casa. Imagina se eu ia deixar! Rory não tinha nem três anos! Depois ele me perdoou; e disse que não queria nem Andrew nem Carole por companhia, queria eu. E fomos, os dois, brincar num gramado à beira-rio, onde fomos queimados pela urtiga.

Sam e Sarah, filhos de Bruce e Loppy. Sarah, de quatro anos, disse que eu era um dos namorados dela. Avistando um bando de gansos, da janela do ônibus entre Woodcutts e Salisbury, Sarah exclamou: "Olha os *gooses*!" Loppy, com aquele sorriso amoroso de mãe, a corrigiu: o plural de ganso em inglês é *geese*. *Goose* no singular e *geese* plural. Eu, que sempre ficava em dúvida, agora aprendia, definitivamente. Bruce agora trabalhava como jardineiro orgânico autônomo e vivia num sobrado num vilarejo perto de Salisbury. Tinha uma camioneta e era militante da C. N. D. (Campanha Pró-desarmamento Nuclear), para a qual editava uma revista chamada *The Radiator*. Dia desses, outubro de 1984, Bruce me escreveu contando que estava com uma comunidade alternativa dentro do perímetro da base dos mísseis em Cambridgeshire, onde passaria o inverno. Que a polícia etc. esses dias parece muito ocupada com outros acontecimentos e que talvez seja por isso que as coisas por lá onde Bruce milita estejam caminhando tão bem desde fins de agosto. E que ele também tem colaborado com as Organizações Verdes, escrevendo folhetos para elas. E que pra me contar tudo que vem fazendo desde a última vez que tive notícias dele teria que me escrever um livro. E, ah sim, ele tinha acabado de fazer 32 anos.

Voltando à minha última temporada lá, na festa de aniversário de Penny, mulher de Roger, encontrei muitos dos velhos amigos, assim como uma turma nova tão divertida quanto. Até mesmo Trip, a minha Trip, que agora era mãe de dois bonitos garotos, gêmeos, estava presente. Um dos tititis que mais corriam na festa era que Trip estava casada com dois maridos. Os maridos de Trip também estavam na festa e pareciam felizes. Trip ficou tão contente de me ver – depois de dez anos! – que me convidou para ir passar uma temporada com ela e a família. Fiquei pensando: eu bem que poderia ser o terceiro marido de Trip. Adorei a idéia mas... deixei escapar.

Fui passar uns dias com Antonio Peticov em Milão. Peticov estava casado com Malu e moravam muito bem, num vasto triplex. Peticov agora era um pintor internacional, com exposições nas melhores galerias do eixo; nesses meus dias em Milão saíra uma *Vogue-Arte* (italiana) com trabalhos de Peticov na capa. Ele também tinha acabado de criar o *design* para a embalagem do perfume vulcânico de uma princesa do *jet-set* que vivia em Nova York.

Minha última temporada foi tão maravilhosa quanto a primeira e as outras. Havia uma nova excitação no ar e mil coisas interessantíssimas acontecendo.

Passei o Natal em 1981 na sossegada Glastonbury, na casa de Angela Dodkins. Agora ela era Angela Smith, casada com Barry. Não tinham filhos, mas a casa era cheia de gatos e cachorros que, como gente, também ganharam seus presentes de Papai Noel.

Lá e aqui a vida segue em frente. Nasceram muitas crianças e, cada um a seu modo, todos continuam na ativa. Gilberto Gil, em 84, esteve com uma música entre as dez mais tocadas na Inglaterra. E assim todos nós.

Quem morreu foi Benjamin, o gato de Naná. Mas também, pra gato, até que o Benjamin viveu muito. Naná o trouxera para o Brasil quando voltou. No começo, Benjamin não suportou os gatos tupiniquins, mas acabou vivendo dez anos aqui e foi pai de muitas gerações de gatinhos miscigenados. Quando Benjamin faleceu, Naná o envolveu na bandeira inglesa e o enterrou no jardim. E sobre seu corpo plantou uma palmeira. Naná está muito bem, casada e mãe, assim como diretora-sócia de uma das mais bem-sucedidas agências de publicidade de São Paulo, com prêmios internacionais e tudo. Há séculos que não falo com ela. Fico sabendo de seu sucesso pelos jornais.

Não dá para falar de todos, hoje, porque daí não termino mais este *post-scriptum*. Mas Rogério Sganzerla, por exemplo, depois de algum tempo sumido volta, agora, fazendo um filme sobre a lendária temporada de Orson Welles no Brasil, nos anos 1940 – com Arrigo Barnabé fazendo o papel de Orson. Rogério continua casado com Helena Ignez, que faz *rentrée* no teatro, dirigida por Paloma, filha de seu primeiro casamento, com Glauber Rocha. E José Vicente, neste mesmo ano, publicou, como ele mesmo disse, seu primeiro e único livro, *Os reis da terra*, sua bela e comovente autobiografia.

Quanto a mim, há quem diga que levo a vida que pedi a Deus. Realmente sou um rapaz sem problemas. O único problema no qual tropeço é o financeiro; mas tenho conseguido de algum modo sobreviver. Não fosse meu amor à solidão, confesso que me sentiria mais despaisado aqui na minha terra que lá. Ainda assim dou um jeito de dividir meu tempo entre a cidade e o campo. Estou satisfeito por neste livro ter sido honesto e correto. Por mais inocente, bucólico, lírico, onírico, orgulhoso, atrevido, cínico e *naïve*, sofisticado, maneirista, piegas e até mesmo primário e chinfrim que possa ter sido, aqui e ali, em momento algum dele me envergonho. Ainda que muitas vezes sua releitura tenha me ruborizado. Mas estou certo de que a elegância do todo há de tudo purificar. E se não prestei nenhum grande serviço à humanidade, garanto que ao menos tenho feito alguns bons biscates.

AUTOBIOGRAFIA PRECOCE

A toque de *curriculum*, nasci em uma chácara pelas bandas da Cantareira, São Paulo, 1939. Aos dois anos meu pessoal mudou pro interior. Minha infância foi feliz e até posso falar "o Éden dos meus verdes anos" de boca cheia. Da guerra que acontecia no outro lado do mundo não me lembro de ter ouvido aviões nem bombas, exceto algumas imagens repelentes dos campos de concentração publicadas nas revistas da época.

Cinco filhos – três meninas e dois meninos, eu o filho do meio –, papai era homem culto, exímio saxofonista, empreendedor da alta cultura no pedaço. Mamãe, além das prendas domésticas, era uma mulher atualizada, prática e batalhadora, nos guiando o melhor possível.

Entre mergulhos nos rios, os frutos dos pomares, os canaviais, as trilhas e os companheiros, fui menino relativamente arteiro, criança normal mas ao mesmo tempo *sui generis*. Adorava revistas, livros, música e cinema. Cinema em 16mm, uma vez por semana, no clube. Devia ter uns nove anos quando vi o primeiro filme, de guerra, com um ator que fazia um soldado que tinha estilo até ferido (com bala na perna) e entrincheirado num fosso lamacento. O filme era "A patrulha de Bataan" e o ator, Lee Bowman. A seguir foram produções da Republic, da Metro, Tarzã, filmes *noir* e, claro, Esther Williams em Technicolor, rumba e Xavier Cugat.

Depois mudamos para a cidade grande, cresci e a vida ficou menor. Mas sempre com muitos atrativos. Durante o dia eu trabalhava como garoto-de-entregas num grande magazine, rodando a cidade de bicicleta no *delivering*, e à noite fazia o ginásio; o ensino era deficiente, eu, mau aluno, geralmente enforcava as aulas pelo cinema. "Senso", de Visconti, foi o primeiro filme proibido para menores que assisti. Eu tinha dezesseis anos. Achei o filme forte. Foi uma revelação.

Dos livros, mal aprendera a ler e já era subvertido pelos paradoxos geniais de Oscar Wilde. Na estante de casa tinha Dickens, Thomas Hardy, Clarice Lispector, Dinah Silveira de Queirós e Berta Ruck. *Um certo capitão Rodrigo*, de Erico Verissimo. Françoise Sagan e *Chocolate pela manhã* eram moda, na adolescência. Descobri Simone de Beauvoir, mas achei Sartre *muito* pra minha cabeça. Aos dezoito anos tive notícia de Kerouac e da *Beat Generation*. Na vitrola portátil, Chuck Berry, rockabilly, Gerry Mulligan & Chet Baker, João Gilberto e "Convite para ouvir Maysa". Nessa época tive uma fase curta de resenhista de filmes num jornal local.

Aos 21 anos deixei Ribeirão Preto e fui pro Rio de Janeiro estudar teatro. Primeiro na Fundação Brasileira de Teatro, tendo a lendária Dulcina como professora, e depois, até a formatura, no Conservatório Nacional de Teatro. O Rio foi decisivo na minha formação. Somando tudo devo ter vivido uns doze anos em Ipanema. Morava na Barão da Torre, de frente para a casa do Tom, quando ele e Vinicius fizeram a "Garota de Ipanema" no *Veloso*, aquele bar ali perto. Uma noite, numa reunião do pessoal da Bossa, Vinicius me fez um sanduíche de galinha. Eu estava morto de fome e o poeta sentiu. Logo depois chegou Elis, vitoriosa do festival que ganhara com "Arrastão". Elis tirou os sapatos e descalça, à janela, aspirava o ar da noite. Vencedora, missão cumprida. Era na rua Domingos de Moraes, em Copacabana, o apartamento de Nelita (então, mulher do Vinicius).

Antes, em 1963 estreei como ator no papel de *Estragon*, em "Esperando Godot", de Samuel Beckett, numa montagem universitária dirigida por Maurice Perpignan, quem, apesar de minha lentidão em decorar o texto, desde o início acreditou no meu talento histriônico. Fausto Wolff, então crítico do jornal *Tribuna da Imprensa*, me indicou como uma das revelações de ator, do ano. No ano seguinte fui *Lisandro*, no *Sonho* de Shakespeare, no Tablado sob a batuta de Maria Clara Machado, celebrando o quarto centenário do bardo de Avon.

Em 1967, em pleno e internacional *boom* psicodélico & da *pop art*, meu nome ficou conhecido da noite pro dia, no tititi carioca, ao dar o título de "Simone de Beauvoir, pare de fumar, siga o exemplo de Gildinha Saraiva e comece a trabalhar" a um *happening* teatral escrito em parceria com Carlos Aquino. Saiu uma nota em coluna social num jornal no domingo e na terça-feira cronistas de todos os jornais do Rio comentavam com humor o título quilométrico. Criou-se enorme expectativa quanto à estréia – a peça seria uma crítica simpática à chamada *Geração Paissandu* (jovens intelectuais e *poseurs* que freqüentavam o Cinema Paissandu e faziam parte da "esquerda festiva").

Em 1968 – e que ano mais apropriado? – estreei para valer, agora como autor (dramaturgo), em "Cordélia Brasil", com Norma Bengell que, no papel título, emocionava as platéias. Nesse mesmo ano Fauzi Arap dirigiu em São Paulo minha segunda peça, com Maria Della Costa. Com essa peça, "Abre a janela e deixa entrar o ar puro e o sol da manhã", ganhei o prêmio de melhor autor do ano, o *Molière*, um prêmio de viagem a Europa concedido pela *Air France*. Entre o fogo cruzado que era a ditadura militar apertando cada vez mais o cerco e o sadismo da Censura Federal, exílio era preciso. E eu, benza Deus, já estava bastante escolado. A grande escapada: um ano fora e que resultou em *Verdes vales do fim do mundo*, que seria publicado treze anos depois.

Quando penso nas décadas todas, sem dúvida a de travessia mais dolorida foi a dos 70, de 73 em diante. A "Nova Dramaturgia", da qual fazia parte (com Leilah, Zé Vicente, Consuelo de Castro, Isabel Câmara – e um pouco antes, Plínio Marcos, e pouco depois Mário Prata) e que, como tantos outros movimentos antes e depois, com sua originalidade transformara a cena teatral, de repente como que passara de moda. Era a vez da *divina decadência* como grande euforia.

No Brasil, a década dos 70 começou um pouco atrasada, em 1973, com o surto andrógino tanto dos *Secos & Molhados*, na música popular, quanto dos *Dzi Croquetes*, no teatro. Dois anos depois, a jovem e talentosa trupe do *Asdrúbal Trouxe o Trombone*.

Extremamente sensível quanto ao *zeitgeist*, sofri por premonição a mudança, no meu segundo ano de exílio na Europa em 1972. Sobre essa época – *Glam Rock*, *Último tango*, *Cabaré* e *Laranja mecânica* – escrevi o *lado B* de *Verdes vales*, que é *Longe daqui aqui mesmo* (usei no título do livro o mesmo da peça que escrevera no Hotel Chelsea em NY, 1970). O livro foi publicado em 1995 pela *Editora Best Seller/Círculo do Livro*.

Em 1973 outra mudança. Li pela primeira vez Virginia Woolf, *As ondas*. Me identifiquei de tal modo com seu estilo que não consegui mais pensar em outro escritor. Vinte anos depois a sincronicidade faria com que eu fosse aceito – e o único latinoamericano! – entre os 21 acadêmicos e diletantes na Escola de Verão de 93, na Fazenda Charleston, em Sussex, um dos *resorts* campestres do Grupo de Bloomsbury desde 1916, quando foi descoberto numa das caminhadas de Virginia. Meu primeiro encontro com Quentin Bell, em sua residência perto, foi amizade à primeira vista. Quentin, o primeiro biógrafo de sua tia VW, historiador de Bloomsbury, artista plástico, professor de arte, estava com 83 anos, mas até sua morte, em dezembro de 1996, tivemos alguns encontros e uma alegre amizade epistolar. Depois de sua morte recebi uma carta de sua viúva, Anne Olivier Bell (ela, a editora minuciosa e perfeccionista dos cinco volumes dos diários de Virginia Woolf), que me escreveu: "Sua amizade entusiasmada foi sempre uma fonte de grande prazer para ele – e para mim, e eu te agradeço por isso". A amizade com Olivier continuou. Sempre que pude voltei à fazenda Charleston para a escola de verão ou para o festival anual. O de 2001 prometia. No programa, de Harold Pinter a Merlin Holland (neto de Oscar Wilde). Olivier me escreveu convidando a ficar na casa dela – a oficina de cerâmica de Quentin fora transformada em suíte de hóspede, com cama, banho, cozinha. "But you would have to do your own catering & transport!", ela explicitou. Escrevi cinco volumes de diários das minhas experiências na Fazenda Charleston e meus estudos de literatura e arte, lá. Um dia gostaria de publicá-los.

Mas, voltando aos anos 70... Eu desejava uma coisa (essa coisa da Literatura), mas também me instigava, como artista talentoso (embora sem muita vocação) experimentar outros meios.

Em 1973, chegado de outro ano na Europa, Maria Bethânia convidou-me a dirigir (com Isabel Câmara) seu show "Drama" – tem até dois pequenos textos meus no LP ao vivo desse show; meses depois, dirigia Rita Lee, (com quem voltaria a trabalhar, esporadicamente, em outras décadas – em 1986, na Rádio 89, e em 1991, na MTV, por exemplo) em seu primeiro show solo. Experiências deliciosas e memoráveis.

Samuel Wainer sempre me convidava a escrever nos jornais que editava, e nos 70s, com ele, escrevi na *Última Hora* e outros. E escrevi também na *Vogue-Homem*, fui secretário de redação da *Interview*, tive coluna na *Pop* e, durante uma temporada, crônica semanal na *Folha de São Paulo*.

Nessa década fiz o que pude, em teatro. Até um *come-back* como ator (no papel de *Riff Raff*) em "Rocky Horror Show", fazendo o rival de Paulo Villaça (grande figura e já lendário como *O bandido da luz vermelha* no filme de Sganzerla).

No ano seguinte levei o maior susto ao ser convidado por Ziembinski para escrever a peça com a qual o mestre celebraria seus 50 anos de teatro. Ele queria uma peça com atmosfera *warholiana*; orientado por ele, escrevi "Quarteto". Foi uma experiência catastrófica. A censura federal brecou a estréia, a expectativa aumentou, a peça estreou com Emilinha Borba na primeira fila para dissecar o trabalho de sua eterna rival, Marlene, que no palco, rapidíssima, fazia *contra-timing* com Ziembinski, lendário também pelos 50 anos de pausas longuíssimas e silêncios sepulcrais, nos seus espetáculos. No enredo, Louise Cardoso (do elenco do *Asdrúbal*), belíssima aos 18 anos, estreava como namorada cênica de Ziembinski, então com 68. Entre outras cenas, o mestre me fez escrever uma em que Roberto Pirilo, na flor da mocidade, aparecia nu uns 10 minutos. Zimba me explicou que era um lance assim: o velho que observa o físico perfeito do jovem, não com inveja mas como inspiração, para continuar atuando. A crítica não engoliu e o massacre foi unânime. Em 1976 a crítica estava no auge do mau humor, só querendo coisas que denunciassem o regime, e não compreendeu que o grande polonês, que tanto dera para a modernização do teatro brasileiro desde que no Rio chegara fugido da Polônia no explodir da Segunda Guerra, queria agora brincar, relaxar, no espetáculo que conceituara, dirigira e atuava, celebrando suas bodas-de-ouro de palco. "Quarteto" foi o último espetáculo do mestre, que morreria dois anos depois, aos 70 anos.

Andava eu deprimido, na passagem dos 70 pros 80, quando de novo a Providência me salvou: com um texto teatral, "De repente num rompante", recebi um prêmio na primeira (e creio, única) *Feira de Humor do Paraná* e fui passar outro ano na Inglaterra. Foi um ano de treinamento na escola mais moderna que a vida oferecia então e remocei 20 anos. Chegava de uns dias no campo, em casa de Andrew Lovelock, quando cartas de casa falavam da morte de meu pai, aos 81 anos. Sua última mensagem pra mim, no verso de um dos envelopes, era: "Divirta-se". Fiz uma viagem de peregrinação em homenagem ao querido pai, com quem em vida conflituara tanto e que partira desta sem eu estar perto. Foram anos de muitas perdas sentidas, parentes, amigos, mas de todas a mais sentida foi a de minha mãe, em 2000, dezenove anos depois de meu pai – e desta vez eu estava perto, com duas irmãs, e fui quem viu que Guilhermina já não respirava. Seu magnânimo coração parara de vez. Lúcida, aos 92 anos de uma vida exemplar. E que cuidou de mim sempre que cheguei dissipado. A mais doce das criaturas, o grande amor de minha vida. E a quem dei tanta preocupação. Foi a maior perda. Dois anos se passaram, o luto não quer ir embora e luto para me reestruturar. Mas sou tranqüilo por, já mais maduro e consciente, ter-lhe dado alguma tranqüilidade. Em 94, ela com 86 anos, ótima, trabalhando, costurando, cozinhando como nenhuma outra, tive a boa idéia de falar com meus irmãos e sobrinhos e publicamos em edição particular as memórias que ela, morando sozinha, escrevia à noite em cadernos. Quando cheguei com os livros e abri um pacote para dar-lhe um exemplar, sua reação foi de choque. Como se violada. Lembranças que escrevera para filhos e netos, ali, impresso em 500 exemplares! Brava, ficou sem falar com a gente dois dias. Mas depois adorou, quando cartas de admiração – e não só de familiares – não paravam de chegar. Tenho que admitir que dona Guilhermina (*née* Battistetti) Lima, com *Lembranças*, recebeu mais cartas que seu filho com todos os livros. As idas diárias de mamãe à caixa de correio e a volta com cartas na mão eram motivos de alegria para nós.

Mas, voltando a 1981, aquele foi um ano excepcional e mergulhei fundo na nova arte que explodia. A Inglaterra era, fazia tempo, o melhor lugar para a prática de novas idéias. A nova geração que remava à crista da onda tinha agora o cabelo curto e idéias brilhantes. E eu, eterno aprendiz, aos 42 anos freqüentei a nova escola como aluno jamais tão aplicado. A Inglaterra mais uma vez preparava outra invasão cultural e eu estava lá no lugar certo e na hora certa, de modo que, de volta a São Paulo, estava apto a sobreviver mais um tempão graças aos novos conhecimentos adquiridos. Me lancei como *Editor de Estilo* de uma revista tipo formadora de novas opiniões (a *Gallery Around*), onde permaneci dez anos. Enquanto isso não me descuidava de outras funções.

A década dos oitentas foi pós-moderna por excelência. Tudo voltou à tona refeito e remodelado. Até a arquitetura se tornava mais *greco-romana*. O espírito punk, que explodira em 1977, foi entendido e liberou para uma infinidade de vertentes nas artes aplicadas de apelo juvenil. Nessa década –

e agora estou falando do Brasil – com o fim da ditadura militar, múltiplas tendências encontraram brechas por onde se manifestar. A literatura beat, por exemplo, com a *Brasiliense* e a *L&PM* lançando pela primeira vez traduções de Kerouac, Burroughs, Ginsberg, Corso e outros, autores até então inéditos em nosso mundo editorial, foi um sucesso e os livros passados de mão em mão, desde então. Nas letras foi também a época do surgimento de novos autores, como Marcelo Rubens Paiva, Caio Fernando Abreu, Ana Cristina César, Paulo Leminski, Reinaldo Moraes, Eduardo Bueno, e da redescoberta de Roberto Piva, Cláudio Willer, Wally Salomão, Jorge Mautner, eu e outros – a lista é representativa.

Em novembro de 1982 saiu o meu primeiro livro, *O que é punk*, lançado durante o festival punk "O começo do fim do mundo", que idealizei e ajudei a organizar com Callegari (dos *Inocentes*). O festival foi assunto forte na mídia, noticiado até no *Washington Post* e em jornal do Japão. E meu contato com a cultura punk não parou, desde então. Em 98 fui convocado pelo Motim Punk e pela Prefeitura de Santo André para ser o dramaturgo da primeira Ópera Punk que se teve notícia no planeta. "Existe alguém + punk do que eu?" foi o título. E em 2001, comemorando os 25 anos de Punk, ajudei a organizar outro festival, "A um passo do fim do mundo". Dois dias, 52 bandas, foi uma emocionante celebração.

Mas voltando à primeira metade dos anos 80, fazia tempo que minha consciência andava culpada por conta da minha absoluta ignorância quanto à História do Brasil. E fazia tempo que meu amigo, o poeta Celso Luiz Paulini (1929-1992), desejava que escrevêssemos a quatro mãos uma peça teatral. Numa noite em 83 achei que era chegada a hora e propus a ele escrevermos a História do Brasil para teatro. Passamos oito anos escrevendo uma trilogia, ganhamos a bolsa *Vitae* e a terceira das peças, "As Raposas do Café", foi encenada pelo grupo Tapa em 1990, celebrando o centenário de nascimento de Oswald de Andrade. A peça, com brilho e humor, historiava também o Modernismo, e com ela ganhamos quase todos os prêmios de melhor texto do ano e novamente o *Molière*. Na segunda metade da década de 90, duas peças dessa trilogia foram encenadas com emoção, inteligência e brilho pelos alunos do terceiro colegial da escola *Rudolf Steiner*. Assistindo-as em 97 e 98, me emocionei às lágrimas. Um amigo que as assistira comigo no belo teatro antroposófico da escola disse: "Bivar, essas peças históricas têm tudo para se tornarem clássicas do repertório colegial".

Aos 50 anos, aprendi a dirigir e logo comprei a *Brasília* de meu sobrinho Rafael, que estava trocando de carro. Que delícia, finalmente ia fazer o *on the road* que sempre sonhara. Foi uma fase de reencontro total com a natureza, a descoberta de rios límpidos e solitários, nadar, respirar, ir fundo nos *comigos de mim*. Um carro é essencial. Tive dois e os aproveitei bem, na década de 90. E que chique, cheguei a dar uma carona a Danuza Leão, na minha *Brasília*! Até escrevi uma crônica a respeito, no *Estado de São Paulo*.

Foi uma década tão boa quanto as outras, a última do milênio passado – e única em seu próprio direito e provisão. Por ser tão recente, dela às vezes me dá uns *brancos* e me pego perguntando "que foi mesmo que fiz?" Bem, tive meus anos de experiências *bloomsburianas* (inclusive acesso direto aos manuscritos de infância de Virginia Woolf no British Museum, graças a uma amiga, a sra. Jenny Thompson, que não mediu esforços para me fazer entrar em contato direto com os originais).

Na verdade as décadas de 80 e 90 foram também de muitas viagens. Tive meu tempo como repórter turístico escrevendo para várias publicações. Cruzeiro caribenho até a Jamaica, passagens por Saint Louis (*blues*) no Missouri, Nova York, cruzeiro pela costa brasileira até a amazônica Pororoca... e Ilha do Diabo, Tobago, Viña del Mar, no Chile (onde brotou todo um novo encanto por toda a América Latina); Baixa Califórnia no México, várias viagens ao Pantanal etc. E uma volta à Ilha de Wight, em 98. Viajar não só é preciso como é ótimo, sempre. Nosso planeta é tudo e merece ser visto por todos os terráqueos. E continuei, sempre que possível, visitando amigos de todas as épocas, muitos dos *Verdes vales*.

Em 99 fiz 60 anos. Não me lembro de ter sentido uma grande diferença. Aceitei a idéia de "terceira idade" numa boa. Sempre me dei bem com os idosos e, se o físico com o tempo puxa pra baixo (desde uma catarata a uma dolorida artrite) – e é bom que se aprenda a conviver com os achaques – pois a cabeça, se aberta, vai sempre pra cima. Idéias, projetos, sonhos? Sempre. Mas não se deve ficar falando deles. Para um pobre de Deus sonhar é natural. Sonhos não acabam.

Coleção **L&PM** POCKET (LANÇAMENTOS MAIS RECENTES)

333. **O livro de bolso da Astrologia** – Maggy Harrisonx e Mellina Li
334. **1933 foi um ano ruim** – John Fante
335. **100 receitas de arroz** – Aninha Comas
336. **Guia prático do Português correto – vol. 1** – Cláudio Moreno
337. **Bartleby, o escriturário** – H. Melville
338. **Enterrem meu coração na curva do rio** – Dee Brown
339. **Um conto de Natal** – Charles Dickens
340. **Cozinha sem segredos** – J. A. P. Machado
341. **A dama das Camélias** – A. Dumas Filho
342. **Alimentação saudável** – H. e Â. Tonetto
343. **Continhos galantes** – Dalton Trevisan
344. **A Divina Comédia** – Dante Alighieri
345. **A Dupla Sertanojo** – Santiago
346. **Cavalos do amanhecer** – Mario Arregui
347. **Biografia de Vincent van Gogh por sua cunhada** – Jo van Gogh-Bonger
348. **Radicci 3** – Iotti
349. **Nada de novo no front** – E. M. Remarque
350. **A hora dos assassinos** – Henry Miller
351. **Flush - Memórias de um cão** – Virginia Woolf
352. **A guerra no Bom Fim** – M. Scliar
353(1). **O caso Saint-Fiacre** – Simenon
354(2). **Morte na alta sociedade** – Simenon
355(3). **O cão amarelo** – Simenon
356(4). **Maigret e o homem do banco** – Simenon
357. **As uvas e o vento** – Pablo Neruda
358. **On the road** – Jack Kerouac
359. **O coração amarelo** – Pablo Neruda
360. **Livro das perguntas** – Pablo Neruda
361. **Noite de Reis** – William Shakespeare
362. **Manual de Ecologia** – vol.1 – J. Lutzenberger
363. **O mais longo dos dias** – Cornelius Ryan
364. **Foi bom prá você?** – Kafka
365. **Crepusculário** – Pablo Neruda
366. **A comédia dos erros** – Shakespeare
367(5). **A primeira investigação de Maigret** – Simenon
368(6). **As férias de Maigret** – Simenon
369. **Mate-me por favor (vol.1)** – L. McNeil
370. **Mate-me por favor (vol.2)** – L. McNeil
371. **Carta ao pai** – Kafka
372. **Os vagabundos iluminados** – J. Kerouac
373(7). **O enforcado** – Simenon
374(8). **A fúria de Maigret** – Simenon
375. **Vargas, uma biografia política** – H. Silva
376. **Poesia reunida (vol.1)** – A. R. de Sant'Anna
377. **Poesia reunida (vol.2)** – A. R. de Sant'Anna
378. **Alice no país do espelho** – Lewis Carroll
379. **Residência na Terra 1** – Pablo Neruda
380. **Residência na Terra 2** – Pablo Neruda
381. **Terceira Residência** – Pablo Neruda
382. **O delírio amoroso** – Bocage
383. **Futebol ao sol e à sombra** – E. Galeano
384(9). **O porto das brumas** – Simenon
385(10). **Maigret e seu morto** – Simenon
386. **Radicci 4** – Iotti
387. **Boas maneiras & sucesso nos negócios** – Celia Ribeiro
388. **Uma história Farroupilha** – M. Scliar
389. **Na mesa ninguém envelhece** – J. A. P. Machado
390. **200 receitas inéditas do Anonymus Gourmet** – J. A. Pinheiro Machado
391. **Guia prático do Português correto – vol.2** – Cláudio Moreno
392. **Breviário das terras do Brasil** – Luis A. de Assis Brasil
393. **Cantos Cerimoniais** – Pablo Neruda
394. **Jardim de Inverno** – Pablo Neruda
395. **Antonio e Cleópatra** – William Shakespeare
396. **Tróia** – Cláudio Moreno
397. **Meu tio matou um cara** – Jorge Furtado
398. **O anatomista** – Federico Andahazi
399. **As viagens de Gulliver** – Jonathan Swift
400. **Dom Quixote – v.1** – Miguel de Cervantes
401. **Dom Quixote – v.2** – Miguel de Cervantes
402. **Sozinho no Pólo Norte** – Thomaz Brandolin
403. **Matadouro Cinco** – Kurt Vonnegut
404. **Delta de Vênus** – Anaïs Nin
405. **O melhor de Hagar 2** – Dik Browne
406. **É grave Doutor?** – Nani
407. **Orai pornô** – Nani
408(11). **Maigret em Nova York** – Simenon
409(12). **O assassino sem rosto** – Simenon
410(13). **O mistério das jóias roubadas** – Simenon
411. **A irmãzinha** – Raymond Chandler
412. **Três contos** – Gustave Flaubert
413. **De ratos e homens** – John Steinbeck
414. **Lazarilho de Tormes** – Anônimo do séc. XVI
415. **Triângulo das águas** – Caio Fernando Abreu
416. **100 receitas de carnes** – Sílvio Lancellotti
417. **Histórias de robôs: vol.1** – org. Isaac Asimov
418. **Histórias de robôs: vol.2** – org. Isaac Asimov
419. **Histórias de robôs: vol.3** – org. Isaac Asimov
420. **O país dos centauros** – Tabajara Ruas
421. **A república de Anita** – Tabajara Ruas
422. **A carga dos lanceiros** – Tabajara Ruas
423. **Um amigo de Kafka** – Isaac Singer
424. **As alegres matronas de Windsor** – Shakespeare
425. **Amor e exílio** – Isaac Bashevis Singer
426. **Use & abuse do seu signo** – Marília Fiorillo e Marylou Simonsen
427. **Pigmaleão** – Bernard Shaw
428. **As fenícias** – Eurípides
429. **Everest** – Thomaz Brandolin
430. **A arte de furtar** – Anônimo do séc. XVI
431. **Billy Bud** – Herman Melville
432. **A rosa separada** – Pablo Neruda
433. **Elegia** – Pablo Neruda
434. **A garota de Cassidy** – David Goodis
435. **Como fazer a guerra: máximas de Napoleão** – Balzac

436. **Poemas de Emily Dickinson**
437. **Gracias por el fuego** – Mario Benedetti
438. **O sofá** – Crébillon Fils
439. **O "Martín Fierro"** – Jorge Luis Borges
440. **Trabalhos de amor perdidos** – W. Shakespeare
441. **O melhor de Hagar 3** – Dik Browne
442. **Os Maias (volume1)** – Eça de Queiroz
443. **Os Maias (volume2)** – Eça de Queiroz
444. **Anti-Justine** – Restif de La Bretonne
445. **Juventude** – Joseph Conrad
446. **Singularidades de uma rapariga loura** – Eça de Queiroz
447. **Janela para a morte** – Raymond Chandler
448. **Um amor de Swann** – Marcel Proust
449. **À paz perpétua** – Immanuel Kant
450. **A conquista do México** – Hernan Cortez
451. **Defeitos escolhidos e 2000** – Pablo Neruda
452. **O casamento do céu e do inferno** – William Blake
453. **A primeira viagem ao redor do mundo** – Antonio Pigafetta
454(14). **Uma sombra na janela** – Simenon
455(15). **A noite da encruzilhada** – Simenon
456(16). **A velha senhora** – Simenon
457. **Sartre** – Annie Cohen-Solal
458. **Discurso do método** – René Descartes
459. **Garfield em grande forma** – Jim Davis
460. **Garfield está de dieta** – Jim Davis
461. **O livro das feras** – Patricia Highsmith
462. **Viajante solitário** – Jack Kerouac
463. **Auto da barca do inferno** – Gil Vicente
464. **O livro vermelho dos pensamentos de Millôr** – Millôr Fernandes
465. **O livro dos abraços** – Eduardo Galeano
466. **Voltaremos!** – José Antonio Pinheiro Machado
467. **Rango** – Edgar Vasques
468. **Dieta mediterrânea** – Dr. Fernando Lucchese e José Antonio Pinheiro Machado
469. **Radicci 5** – Iotti
470. **Pequenos pássaros** – Anaïs Nin
471. **Guia prático do Português correto – vol.3** – Cláudio Moreno
472. **Atire no pianista** – David Goodis
473. **Antologia Poética** – García Lorca
474. **Alexandre e César** – Plutarco
475. **Uma espiã na casa do amor** – Anaïs Nin
476. **A gorda do Tiki Bar** – Dalton Trevisan
477. **Garfield um gato de peso** – Jim Davis
478. **Canibais** – David Coimbra
479. **A arte de escrever** – Arthur Schopenhauer
480. **Pinóquio** – Carlo Collodi
481. **Misto-quente** – Charles Bukowski
482. **A lua na sarjeta** – David Goodis
483. **Recruta Zero** – Mort Walker
484. **Aline 2: TPM – tensão pré-monstrual** – Adão Iturrusgarai
485. **Sermões do Padre Antonio Vieira**
486. **Garfield numa boa** – Jim Davis
487. **Mensagem** – Fernando Pessoa
488. **Vendeta** *seguido de* **A paz conjugal** – Balzac
489. **Poemas de Alberto Caeiro** – Fernando Pessoa
490. **Ferragus** – Honoré de Balzac
491. **A duquesa de Langeais** – Honoré de Balzac
492. **A menina dos olhos de ouro** – Honoré de Balzac
493. **O lírio do vale** – Honoré de Balzac
494(17). **A barcaça da morte** – Simenon
495(18). **As testemunhas rebeldes** – Simenon
496(19). **Um engano de Maigret** – Simenon
497. **A noite das bruxas** – Agatha Christie
498. **Um passe de mágica** – Agatha Christie
499. **Nêmesis** – Agatha Christie
500. **Esboço de uma teoria das emoções** – Jean-Paul Sartre
501. **Renda básica de cidadania** – Eduardo Suplicy
502(1). **Pílulas para viver melhor** – Dr. Lucchese
503(2). **Pílulas para prolongar a juventude** – Dr. Lucchese
504(3). **Desembarcando o Diabetes** – Dr. Lucchese
505(4). **Desembarcando o Sedentarismo** – Dr. Fernando Lucchese e Cláudio Castro
506(5). **Desembarcando a Hipertensão** – Dr. Lucchese
507(6). **Desembarcando o Colesterol** – Dr. Fernando Lucchese e Fernanda Lucchese
508. **Estudos de mulher** – Balzac
509. **O terceiro tira** – Flann O'Brien
510. **100 receitas de aves e ovos** – José Antonio Pinheiro Machado
511. **Garfield em toneladas de diversão** – Jim Davis
512. **Trem-bala** – Martha Medeiros
513. **Os cães ladram** – Truman Capote
514. **O Kama Sutra de Vatsyayana**
515. **O crime do Padre Amaro** – Eça de Queiroz
516. **Odes de Ricardo Reis** – Fernando Pessoa
517. **O inverno da nossa desesperança** – John Steinbeck
518. **Piratas do Tietê** – Laerte
519. **Rê Bordosa: do começo ao fim** – Angeli
520. **O Harlem é escuro** – Chester Himes
521. **Café-da-manhã dos campeões** – Kurt Vonnegut
522. **Eugénie Grandet** – Balzac
523. **O último magnata** – F. Scott Fitzgerald
524. **Carol** – Patricia Highsmith
525. **100 receitas de patisserie** – Sílvio Lancellotti
526. **O fator humano** – Graham Greene
527. **Tristessa** – Jack Kerouac
528. **O diamante do tamanho do Ritz** – S. Fitzgerald
529. **As melhores histórias de Sherlock Holmes** – Arthur Conan Doyle
530. **Cartas a um jovem poeta** – Rilke
531(20). **Memórias de Maigret** – Simenon
532. **O misterioso sr. Quin** – Agatha Christie
533. **Os analectos** – Confúcio
534(21). **Maigret e os homens de bem** – Simenon
535(22). **O medo de Maigret** – Simenon
536. **Ascensão e queda de César Birotteau** – Balzac
537. **Sexta-feira negra** – David Goodis
538. **Ora bolas – O humor cotidiano de Mario Quintana** – Juarez Fonseca
539. **Longe daqui aqui mesmo** – Antonio Bivar